安德魯・克萊門斯❹

午餐錢大計畫

Lunch Money

文◎安德魯・克萊門斯
Andrew Clements
譯◎丁凡　圖◎唐唐

遠流出版公司

好評推薦

教小朋友理財是件很困難的事。主要原因是小朋友沒有太多關於「錢」的先前知識。換言之，「錢」對小朋友而言比較抽象，尤其是年紀很小的小孩。

其實我們對錢這件事的認知，必然是社會化的過程，很多事得經過實際的發生才會明瞭，而非用教的。我常跟父母朋友說，與其想教小朋友理財，不如用生活的例證引導他，好比談到成本觀念，就可以帶孩子實際去不同賣場逛逛，拿同一商品的價格來做比較，讓孩子了解到同樣的東西在不同地方，也能用不同價格取得。

本書就是朝著這個方向在引導小朋友，很有一讀的價值。

——財經專家　阮慕驊

當學生的創意與批判思考能力和學校規定相衝突時，師長該怎麼處理呢？是壓抑學生創意來配合校規，或是鼓勵學生行動讓學校沸騰起來？有沒有更好的方式呢？

主角葛雷和毛拉是正值青春期的男女生，他們從對抗轉為合作，又因違反校規而面臨挑戰，甚至被迫不能在校園發展他們的創意。最後的轉折在於校長與學生的衝突，連原本以賺大錢為唯一目標的葛雷都有了重大轉變。整本書高潮迭起，等候讀者去體驗。

——前台北教育大學副教授 陳佩正

故事中的角色都很古靈精怪且充滿吸引力……作者檢驗了關於真正的財富、團體合作、群體意識，以及展現創意的價值等概念，還提供了一條節奏暢快又幽默的故事線。

好評推薦

——美國《學校圖書館期刊》(*School Library Journal*)

讀完這本書，讓人有中樂透般的快感！

——美國《科克斯評論》(*Kirkus Reviews*)

克萊門斯是《我們叫它粉靈豆—Frindle》一書的作者，他創造出許多很棒的少年主角，他們全是好學生，卻都帶了一點反叛的性格。像六年級的葛雷・肯頓就有一大堆本領，他決定靠著自己賺大錢，而整個學校似乎到處都是這位年輕企業家的創業機會……本書對兒童、金錢與價值觀做了一場有趣且引人入勝的審視。

——美國《音響檔案》雜誌(*Audio File*)

1 本領

葛雷・肯頓有一大堆本領。他很會打棒球，更會踢足球。他有優美清亮的歌聲，而且還會彈鋼琴呢。他是個畫畫小天才，學業成績也很好，無論是閱讀、自然、音樂、作文、美術、數學、體育、社會，任何一科都難不倒他。葛雷樣樣都很優秀，但是他最厲害的本領，其實是「理財」。

葛雷從來沒上過理財的課，不曾請過理財家教，也沒有參加過理財夏令營。他天生就是個金錢高手，不僅懂得存錢、記帳、讓錢愈積愈多，更重要的是，他懂得賺錢。

很多小孩需要花好幾年才能明白，每件東西都有它的價值，但是葛雷不一樣。他曾坐在超市的購物車裡睜著明亮的褐色眼睛，看著媽媽將一個小小的金屬圓片放進一台紅色機器裡，然後轉一下把手，就會有一堆糖果掉進她的手中。葛雷很愛吃這些甜甜脆脆的糖果，可是吸引他注意的並不是糖果，而是那個閃亮亮的銀幣。

當葛雷還是個瘦巴巴、頭髮捲捲的幼稚園小朋友時，他已經學會觀察和聆聽了。有一天吃早餐時，他的大哥羅斯抱怨說：「為什麼我要鋪床？反正今天晚上睡覺又會弄亂啊。」

他二哥愛德華也跟著說：「為什麼我每天早上都要收房間？不公平！而且，那是『我們的』房間啊。」

他媽媽回答說：「沒錯，但是你們的房間在『我的』房子裡，我喜歡我的房子整整齊齊。所以呢，如果你們還想每個星期五拿到零用錢的話，就上樓去好好收拾乾淨。」

羅斯和愛德華一路抱怨著回到房間，他們的小弟跟在後面。兩分鐘後，葛雷開始了他的清潔事業：鋪一次床十分錢❶；把髒衣服放到洗衣籃要五分錢；把乾淨的衣服收好是兩分錢；把用過的毛巾掛起來，每掛一條要三分錢。

如果他的兩個哥哥像平常那樣懶散的話，葛雷每個星期就可以賺到兩塊多美金。這當然不是個快速致富的方法，但是葛雷志不在此。他非常樂意慢慢的累積財富，因為他很有耐心，這也是他賺錢

❶美國現今流通的紙鈔有一百元、五十元、二十元、十元、五元、二元和一元共七種面額，硬幣則有一元、五十分、二十五分、十分、五分和一分共六種。一美元等於一百美分。依目前匯率，一美元大約等於三十三元新台幣。

的重要本領之一。葛雷知道，一年有五十二個星期，所以從四歲到六歲的這段期間，他可以把那些皺床單、髒內褲、臭襪子和溼毛巾全都變成美麗的、可以拿來買東西的兩百多元鈔票。可是後來媽媽勒令他結束營業，因為她堅持要羅斯和愛德華自己整理房間。

葛雷念幼稚園時，就開始負責家裡的資源回收工作，他每個星期至少清理一次資源回收箱。在車庫裡，他把報紙、雜誌、瓦楞紙箱、鋁罐、鐵罐、保特瓶都分門別類整理好。他每個星期花十分鐘所得到的報酬，就是可以把瓶瓶罐罐的回收金留著自己用。當天氣較涼，大家少喝冷飲的時候，這項工作每個月大約可以賺四塊錢，而在又熱又渴的夏天，則可以賺到八塊錢。

七、八歲時，葛雷在家裡找到其他的賺錢方法。他幫爸爸媽媽擦皮鞋，擦一雙五十分錢。他把廚房瓷磚上的汙垢刷掉，刷一塊瓷磚十分錢。他把草坪上的野蒲公英連根拔除，拔四棵五分錢。他把灌木叢裡的日本甲蟲抓掉，一隻甲蟲一分錢。

剛開始，葛雷只要擁有這些錢就很高興了，因為鈔票和錢幣對他來說很有趣。他喜歡把一元、五元、十元、二十元的鈔票都分類疊好，他甚至還有幾張五十元鈔票，是爺爺奶奶耶誕節時送他的。他會研究鈔票上這些著名的總統和亞歷山大·漢彌爾頓的肖像，他發現漢彌爾頓沒當過總統，只是美國第一任財政部長而已。葛雷還會用放大鏡欣賞鈔票上的蝕刻花紋，認真研究每張五元鈔票背面的林肯紀念堂裡，那個坐在大椅子上的小小的林肯。

錢幣也很有意思。葛雷喜歡把二十五分、十分、五分和一分的錢幣堆成一疊一疊。他還有一些一元金幣，上面是美國原住民女探險家莎卡嘉薇亞的肖像。這些一元金幣總共有二十七個，並沒有被堆成一疊，而是用一隻舊襪子包起來，藏在衣櫃最底下的抽屜裡。他偶爾會把金幣攤在床上，再數一次。

葛雷可以算是業餘的錢幣收藏家。他曾偶然發現一個稀有的摩丘力錢幣❷。他還擁有幾十個二次世界大戰時鑄造的灰色一分錢，那時候不用銅，而是用鋼鐵鑄造一分錢幣。他也曾遇過市價高達十元的舊一分錢幣，讓他興奮莫名。

葛雷很快就學到了，擁有這些錢固然很好，但偶爾花花錢也很棒。他會為自己買些特別的東西，像是專業級足球，或是一次就要用六顆電池的大型鋁製手電筒；那手電筒的光束甚至可以越過他爺爺度假小屋旁的整座湖面。他還買了一些自己很想要的、很酷的東西，大部分是因為生日或耶誕節還沒到，但他卻等不及要擁有這些東西了。他也買過收藏級的棒球卡，還有幾個模型娃娃，再用更高的價錢賣出去。有時候他會買漫畫書，而且只買他認為會增值的作品。葛雷熱愛漫畫，但是他都看免費的，要看多少都可以，因為他爸爸收藏了很多。

到了三年級，葛雷已經有了人生目標——他要成為大富翁。如果隨時想花多少錢就可以花多少錢，那感覺一定很棒。如果他想買一台全世界速度最快的電腦，再加上一百組最棒的遊戲軟體，沒問題！如果他想要一輛汽車、一艘快艇、一棟山上的別墅、一組家庭劇院，甚至是太平洋裡的一個小島，加上海上飛機以及載他去小島的機師，通通沒問題！葛雷很確定，有一天他可以想要什麼就有什麼，他只需要有錢。

❷摩丘力錢幣（Mercury dime）上刻有羅馬商旅之神摩丘力的頭像，被認為是最美的十分硬幣，但因製造時多數有瑕疵，便於一九四六年停產。

其實，他跟他的朋友沒什麼不同。他們很多人都夢想成為大富翁，有些人也想變得有名氣。但葛雷並不在乎有不有名，有名又怎樣？況且，一旦有錢了，真的非常非常有錢的時候，自然就會有名了嘛。不過葛雷和大部分的朋友倒是有一點很不一樣，他不只是夢想著發財，而是真的在努力了。

葛雷念三、四年級時，整個社區都變成了他的金礦。他很瘦，但是夠結實強壯，可以做任何他想做的工作。春天和秋天時，葛雷幫人清掃落葉；整個春天、夏天到秋天，他都幫人洗車；天氣熱的時候，還賣檸檬汁；到了冬天，他會去鏟雪，或在人行道上撒鹽防止路人滑倒。葛雷會幫出門度假的人餵貓、遛狗、收信、拿報紙；也幫人打掃車庫，收拾亂七八糟的地下室。如果別人家有東西要丟掉，他會先撿些好東西留下來，然後拖回家放在車庫裡的專屬角落。等到收集的東西夠多了，葛雷就拿出來放在馬路旁，貼個大紙板舉辦大拍賣。鄰居的錢，像是雨水一般流進他的口袋。

就拿葛雷鏟雪賺的錢來說吧。在他家附近的兩條街內有八個客戶，每次下雪，他就去把他們車道上的雪鏟掉，一次十元。在他三年級那年冬天下了六次雪，四年級那年下了五次，總共下十一次雪，乘以八個客戶，等於有八十八次鏟雪任務，再乘上每次十元，這樣就有八百八十元。這對九歲的孩子來說是好大一筆錢，甚至對任何人來說都不算少。

沒多久，葛雷就變成家裡的銀行了。如果爸媽星期六晚上想出門看晚場電影，但是手上臨時缺錢的話，只要他們在葛雷的小記帳本上簽名答應還錢，他會很樂意借他們二十元。他的爸媽有特殊待遇，不需要支付利息。畢竟他住家裡、吃家裡的，爸媽也沒有跟他要錢，這樣才公平嘛。但如果是兩個哥哥要借錢，就得付利息。

如果他哥哥愛德華急需五塊錢買新的棒球手套，好在球隊徵選球員之前就把手套用到合手的話，葛雷十分樂意借他錢。只要愛德華在記帳本上簽個名，答應一星期後還錢，並且加上五分錢利息和原來那個舊手套；因為在下次的拍賣會時，那個手套或許能賣到一些錢。如果大哥羅斯想馬上買到新上市的音樂ＣＤ，他知道小弟會很高興幫忙，只要他能付點利息。

羅斯和愛德華喜歡取笑葛雷的賺錢計畫。他們叫他小氣鬼、愛錢鬼、老錢袋或其他綽號。然而每次需要錢的時候，他們都知道葛雷第一家庭銀行會很樂意幫忙。

葛雷唸完四年級的某個星期四，他爸爸從客廳電腦旁的書架上拿下一本參考書。他找到了需要的資料，也找到夾在書裡的十二張五元鈔票。家裡只有一個人會有這筆錢，所以在晚上就寢前，爸爸跟葛雷說了這件事。

葛雷立刻從床上坐起來。「你都放回去了吧？」

爸爸說：「當然。不過，我們星期六早上一起去銀行開個戶頭怎麼樣？你的錢應該放在銀行裡。」

葛雷充滿疑惑的看著他。「為什麼？」

「因為錢放在銀行裡才安全啊，而且你需要用錢的時候，它就在那裡。例如你去唸大學的時候就會用得到。」

葛雷說：「那我唸大學以前可以把錢領出來嗎？假如我在別人的拍賣會看到想買的東西的話？」

他爸爸點點頭。「你任何時候都可以把錢領出來，可是如果通通領出來的話，錢就不會變多喔。」

「變多？」葛雷問：「你是說生利息？」

爸爸對他懂得這些感到有點意外，他點點頭說：「對，就是利息。如果你在銀行存一百元，存了一整年，銀行會給你五元，這樣你就有一百零五元了。這樣的年息就是百分之五。錢只要放在那裡就好了，很棒吧？」

葛雷想了一下說：「我的錢只要放在那裡？」

爸爸說：「嗯，事實上，銀行可能會把你的錢借給別人，借錢的人會付銀行利息，就像銀行要付你利息才能跟你借錢一樣。」

葛雷說：「我借給銀行一百元，讓他們用一整年，他們才給我五元喔？這個交易太爛了啦。只要我花兩塊錢買檸檬原汁、白糖和紙杯，一個週末下來就可以賺到更多錢了，比銀行給我一整年的利息還要多呢。」

「這倒是真的，」他爸爸說：「自己投資企業是賺錢更多更快的一種方法，只要你投資正確的話。可是如果把錢藏在家裡，很可能會弄不見，或是被偷走啊。」

「那你的漫畫呢？」葛雷問：「你所有的漫畫都放在家裡啊。」

他的爸爸點點頭。「沒錯，可是我幫它們買了保險，最值錢的那幾本還加保特別險呢。如果我的漫畫有事，保險公司都會理賠。但是你沒辦法幫鈔票保險，除非放在銀行裡。所以要是我們家失火了，你就沒錢啦，一毛不剩，沒人會賠償你的損失。」

葛雷立刻警覺起來。

第二天，葛雷從家裡、院子裡和車庫裡大約三十個藏錢的地方拿出錢來。星期六早上，他去銀行開戶，存了第一筆錢。這筆錢的數目嚇了他爸爸一大跳，總共有三千兩百多元。這還不是葛雷所有的錢，只是一大部分而已。他在家裡還留了幾百元，因為他已經知道，生意人有時會需要現金週轉一下。

十一歲的葛雷已經邁向成功之路，他總是在留意新的賺錢機會。然後，有一天，葛雷・肯頓發現了他年輕生命中最重大的金融奧祕。

2 二十五分錢

五年級快要結束了。某天早上十一點半，大家正在安靜的閱讀時，葛雷肚子餓了。他開始想著自己的午餐：火腿乳酪三明治、一包玉米脆片、一小串葡萄和一瓶蘋果櫻桃汁。

葛雷很喜歡媽媽幫他準備的午餐。自己準備午餐比在學校買還便宜，葛雷認為能省則省，況且家裡帶的午餐比學校的食物好吃多了。每次自己帶午餐，媽媽還會給他五十分錢買甜點。葛雷覺得這樣很好，有時候他會買一份甜點，有時候就把錢存起來。這一天，他盤算著把這些錢通通拿來買冰淇淋夾心餅。

然後葛雷想起他的午餐在哪裡了，他放在家裡的廚房。他算算自己錢包裡有一塊錢，口袋裡有媽媽給他的五十分錢，但是一份學校午餐要兩塊錢。他還需要五十分錢。

葛雷走到教室前，等正在看書的老師抬起頭來，然後說：「麥科米老師，我把午餐忘在家裡了。可以跟你借五十分錢嗎？」

二十年來，麥科米老師從不錯過任何教育學生的機會。她搖搖頭，用全班都聽得到的音量說：「很抱歉，不能。我不能借你錢。如果我借錢給每個忘記帶午餐的同學，你知道會發生什麼事嗎？我會破產，就是這樣。你需要學會記住自己的事情。」

接著，麥科米老師轉身面向全班宣佈：「葛雷需要午餐錢，誰可以借他五十分？」

一半的同學都舉起手來。

葛雷很尷尬的快步走到布萊恩・里蒙特身邊，布萊恩拿了五十分錢給他。

「謝謝。」葛雷說：「明天還你。」

十分鐘後，葛雷站在餐廳排隊，搖晃著口袋裡的四個二十五分硬幣，發出了好聽的叮叮咚咚聲。他非常喜歡二十五分的硬幣，只要四個疊在一起就是一塊錢，二十個疊在一起就是五塊錢。葛雷想起有一天，他把所有二十五分硬幣都疊在桌上，總共有四疊，每一疊都超過三十公分高。看到這些硬幣疊得這麼高，葛雷就會覺得自己很有錢。

就在他五年級那年，四月的這一天，葛雷環顧整個餐廳，他不管往哪裡看去，都看到了二十五分硬幣。他看到有人在甜點區用二十五分硬幣買冰淇淋夾心餅、杯子蛋糕和餅乾。他看到有人在學校福利社用二十五分硬幣買螢光筆、亮晶晶鉛筆和裝在鉛筆上的裝飾品，像是橡膠足球、塑膠蝴蝶之類的。他看到亞伯特・赫伯在冷飲販賣機裡投了三個二十五分硬幣買一罐飲料。孩子們買些正餐外的食物、酷炫原子筆、鉛筆、飲料和點心。這裡到處都是二十五分硬幣，一大桶、一大桶的二十五分硬幣。

這時，葛雷想到剛剛在教室舉起的手，那些同學都有錢可以借他，那些都是多出來的零錢。

葛雷興奮的做起心算，這是他的另一項本領。他想到艾須伍茲小學有四到六年級的學生❸，總共四百五十人。如果其中有一半的學生每天多帶兩個二十五分錢，學校裡就至少有四百個二十五分硬幣躲在某處。也就是說，每天有一百元，每週就有五百元。錢，多餘的錢，就在口袋和便當袋裡叮噹作響！

就在這個時候，葛雷對學校的觀感徹底且永遠的改變了。學校忽然變成地球上最有趣的地方。因為年輕的葛雷・肯頓決定了，學校就是他發財的最佳地點。

❸美國有些地區會將小學階段再區分為初等小學(elementary school)和中間小學(intermediate school或middle school)兩階段。其中有部分中間小學收四至六年級的學生，艾須伍茲小學即屬此類，但大多數學校僅有五、六年級。此階段被認為是初等教育過渡到中等教育的中間時期。

3 完美的榔頭

第二天午休時，葛雷就在溜滑梯底下開始賣糖果和口香糖。口香糖一包十分錢，熱帶水果口味有特價，三包只要二十五分錢。生意好得很，葛雷賺了些錢。可是這有點風險，因為孩子們會把糖果帶進教室，這一點是違反校規的。如果有任何人告狀，他就會被送去見戴文波校長。

因此，葛雷開始尋找其他可以賣的東西。他回想自己看過的電視廣告。除了糖果和早餐穀片以外，廣告裡都賣什麼給小孩？答案很簡單：玩具。

葛雷在網路上研究了一下，很快的發現了十幾家公司賣很便宜的玩具、紀念品和各種小玩意兒。

「你要幹嘛？」

這是他媽媽的反應。葛雷跟媽媽說要借她的信用卡用一下。

葛雷解釋說：「我需要買一些玩具，不是給我自己的，是要賣給別的小孩賺些錢。這家公司有很多很棒的東西，而且非常便宜，可是我需要用信用卡訂購。我可以現在就還你現金，如果你是擔心這個的話。」

他媽媽其實是在擔心別的。她覺得葛雷花太多時間在想賺錢的事。才不過幾天前，她問葛雷的爸爸說：「我們是做了什麼讓葛雷變成這樣？他一天到晚只想發財。我希望他當個正常孩子，多跟朋友一起玩，開心一點。」但是爸爸告訴她說：「我覺得葛雷看起來很正常啊。他喜歡讀書、畫畫、運動，成績也都很好。我倒覺得他發展很均衡，而且看起來很快樂。賺錢這件事可能只是一個階段，更何況，想賺錢並沒有什麼不對，努力工作也沒有錯。如果你覺得這算是問題，我倒希望家裡其他人也有這種問題呢！」

於是，媽媽用她的信用卡幫葛雷訂購了新奇小寶貝公司的貨品。他訂了一百四十四個小型塑膠怪物模型，有著大眼睛和長長的鮮艷頭髮，有藍色、紅色、橘色和綠色的。葛雷付給媽媽十二塊錢，包括買怪物模型的十塊半和一塊半的運費。

這些小怪物在學校立刻引起流行。葛雷只花了三天就賣掉全部的小怪物。小怪物一隻賣二十五分錢，所以總共賣了三十六元，其中二十四元是利潤。

不過葛雷不把這些錢叫「利潤」，他喜歡叫它們「新錢」。他拿了自己的十二塊錢，也就是他的舊錢，買了一百四十四個小怪物，一隻花了八分錢，然後用每隻二十五分錢的價格賣出去。他的十二塊舊錢都賺回來了，還賺到二十四塊新錢。

葛雷用他的新錢來做什麼呢？他又向新奇小寶貝公司訂了一批貨，更大的一批。他訂了四十八隻小怪物、四十八個迷你彈跳球、二十四包彈珠、四十八隻彈性黏蜘蛛、三十六個塑膠戒指，其中有十二個男生戒指和二十四個女生戒指。

但是這批玩具的銷路沒那麼好。過了兩星期，第二批貨只賣掉三分之二。孩子們開始嫌這些玩具無聊，連葛雷也開始覺得無聊，而且還有另一個問題。

第三堂說話課時，他被叫到辦公室，然後被帶進校長室。

葛雷最先注意到的是校長桌上的玩具。戴文波校長隨著他的視線，看著四個迷你彈跳球和一堆黏蜘蛛點點頭。她說：「彈跳球是肯辛老師交給我的。她看到艾迪・康奈爾和海克托・維嘉用這些彈跳球丟體育館天花板上的燈。我是從工友波西先生那裡拿到這些蜘蛛，他說學校幾乎每一面窗戶都被這些蜘蛛搞髒了。波西先生還說他問過了，所有孩子都說是跟你買的。這是真的嗎？」

葛雷點點頭。

校長問：「你為什麼在學校裡賣玩具？」

葛雷聳聳肩說：「賺錢啊，而且很好玩。」

戴文波校長說：「幾個星期前，我看到學校到處都是小怪物，那也是你賣的嗎？」

葛雷點點頭。

校長說：「嗯，我很欣賞你的勤奮，但是從現在開始，你不可以在學校裡賣玩具。孩子們已經帶太多亂七八糟的東西來學校，搞得到處一團亂，不需要你再來參一腳。清楚了嗎？」

葛雷點點頭說：「清楚。」

「好，你可以回去了。秘書歐格登太太會幫你開張證明。」

走回說話課教室時，葛雷一點也不喪氣，甚至沒有不高興。他很能夠接受現實，玩具生意從一開始就注定做不長久。其中一個原因是，小孩子本來就喜新厭舊，很快就會玩膩。而且葛雷也明白，他的玩具生意沒有更早結束已經算好運了。如果你在學校裡賣玩具，你的顧客馬上就會在學校玩起來，而玩具和學校本來就不能並存。雖然第二批玩具還沒有全部賣掉，但已經賺到一些錢了。

葛雷仔細回想校長的話，他看到了希望。戴文波校長沒有說他不能在學校賣東西，她只有說不可以賣玩具。

那就賣別的東西好啦，一些不會惹校長、老師或是工友伯伯不高興的東西。最好是賣一些他們會贊成的東西，但那是什麼？到底是什麼呢？

暑假開始幾天後，五年級已成為過去，葛雷終於想到可以賣什麼了。答案如此簡單，絕對不會出錯。如果他希望在九月份，六年級開學時就準備好的話，他必須努力工作了。葛雷從來不怕辛苦，特別是可以賺很多錢的話。

他覺得這次會賺到很多錢。學校就像一個超級大撲滿，塞滿了零錢。而葛雷相信自己的新產品會是敲破撲滿的那支榔頭，完美的大榔頭。他就要把學校整個敲開了。

4 一週一百本

葛雷站在餐廳排隊。他打開紅色的鉛筆盒數了一遍，接著又數了一遍確定一下，然後他笑了開來。還剩十三本。

太棒了！這表示我賣掉了十七本。

在午餐前就賣了十七本是個新紀錄。

葛雷的漫畫書不是書店裡賣的那種。普通的漫畫書比較大本，而且軟軟的，和葛雷的不一樣。

葛雷的漫畫書只有信用卡那麼大，還可以立起來。整本漫畫只有十六頁，他的鉛筆盒裡可以塞進五十本。這些漫畫書很小、矮矮胖胖的，所以叫做〈小胖漫畫〉系列。

葛雷愛死這個名字了。這是他取的，他愛怎麼叫就怎麼叫，因為他就是〈小胖漫畫〉的作者。裡面所有的圖都是他自己畫的，他也負責封面設計、印刷、裝釘；他還是行銷經理、廣告主任和整個業務銷售大隊。〈小胖漫畫〉是只屬於一個人的生意，這個人就是葛雷・肯頓。

葛雷蓋上鉛筆盒，拿了一個餐盤。他拿了烤乳酪三明治和一杯切好的胡蘿蔔，然後在水果沙拉前看半天，挑了上面有三顆櫻桃的那盤。他又從冰箱拿一罐巧克力牛奶，邊找位子，邊做了心算。

星期一，〈小胖漫畫〉剛上市，賣了十二本；星期二，賣十五本；星期三，十八本；然後是星期四，就是今天，在吃午餐前已經賣出十七本了。也就是說，從星期一到現在，總共賣出六十二本，以每本賣二十五分錢來算，到今天九月十二日的總收入是……十五元又五十分錢。

葛雷知道為什麼銷路愈來愈好，因為口耳相傳。大家都會跟朋友提到他的漫畫，像是封面的圖很夠力啦、裡面的畫也很生動，還充滿了冒險故事。他這本漫畫叫做《克雷昂—獵人重現》。這是第一部、第一冊、最早出版的〈小胖漫畫〉，所以算是珍藏版呢。

葛雷在他常坐的位置坐下，就在泰德．肯鐸旁邊。泰德向他點點頭說：「嗨！」可是他沒聽到。他拿起三明治咬了一大口，然後嚼著熱麵包和乳酪，可是完全沒注意味道。他還在想他的生意。

三天半才賣了十五元又五十分錢，不算暢銷。

葛雷早就將第一週的營業目標設定在二十五元。這表示他得賣出一百本才行，但看來好像無法達成了。

做漫畫書來賣的主意出現得很突然，好像超人在他頭上狠狠打了一拳似的。但這樣其實完全合理，因為賣糖果違反校規，小玩具容易讓人生厭，而且也違反校規。可是賣小書會有什麼不對？學校不就是鼓勵大家閱讀嗎？好啦，漫畫書跟其他書是不太一樣，可是市立圖書館的兒童閱覽室不也有一堆漫畫，還有附插圖的書啊。

葛雷從小就看漫畫，因為他爸爸會收藏，無論是蝙蝠俠、超人、閃電俠、蜘蛛人、驚奇漫畫公司的經典作品和所有迪士尼漫畫。爸爸的漫畫書塞滿客廳的三層書架，總價超過一萬美金。葛雷懂得愛惜漫畫書，所以爸爸允許他隨時可以看。葛雷自己也買過幾本有收藏價值的漫畫書，大部分是新出版的，並不會很貴。

就是因為愛看漫畫，葛雷才開始對畫畫產生興趣。漫畫讓葛雷接觸到了《如何畫反派角色》、《你也可以畫超級英雄》、《畫自己的漫畫書》和《如何畫我們又愛又恨的怪物》這些書。他三年級時，曾用自己的錢在美術用品社買了墨水、沾水筆、水彩筆和紙。當他沒有在賺錢的時候，他最喜歡做的事就是創造新的漫畫人物。

六年級開學前的暑假，葛雷一直在準備〈小胖漫畫〉的出版。他從一開始就相信自己一定寫得出故事，而畫畫也難不倒他。

但是他得弄清楚許多技術性問題，像是整本書要怎麼裝訂？每一本應該多大？要怎麼印刷？每一本的成本是多少？還有，假如他真的做得出來的話，應該定價多少？

葛雷一一解決了這些問題。百科全書裡關於印刷的說明有很大的幫助。它解釋了怎麼用一張很大的紙，對半折起來，對折幾次以後釘成書。每對折一次，頁數就加倍了。葛雷拿了一張筆記本大小的紙，像百科全書裡畫的那樣對折三次，一張紙就變成了一本十六頁的小書。製作〈小胖漫畫〉就這麼簡單。

其實也沒那麼簡單啦。葛雷發現，做一本漫畫需要十個步驟：

一、寫故事。故事必須可以用十二到十四頁就說完。

二、幫每一頁打草稿、畫圖、上墨、寫十六頁的文字，因為還包括了封面和封底。

三、照特定位置把八頁漫畫貼在一張大紙上，成為「第一張原稿大樣」，這就是可以一再複印的原稿。

四、把另外八頁也貼好，成為「第二張原稿大樣」。

五、把「第一張原稿大樣」複印在筆記本大小的影印紙上。

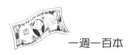

六、把「第二張原稿大樣」複印到影印紙反面，所以影印紙正面會有八張圖，反面也有八張。

七、將印好的紙小心折疊好。

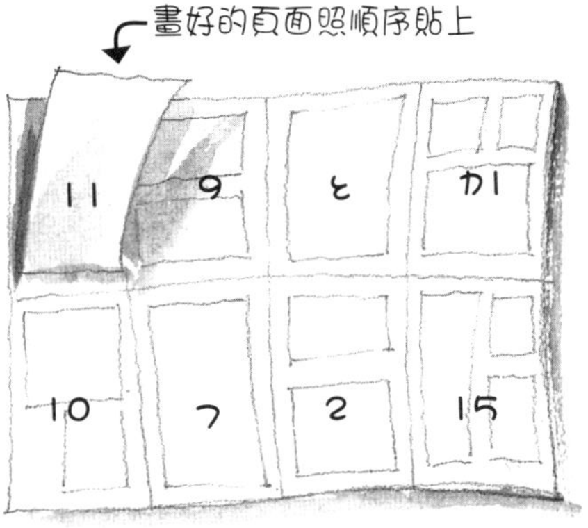

▲第一張原稿大樣

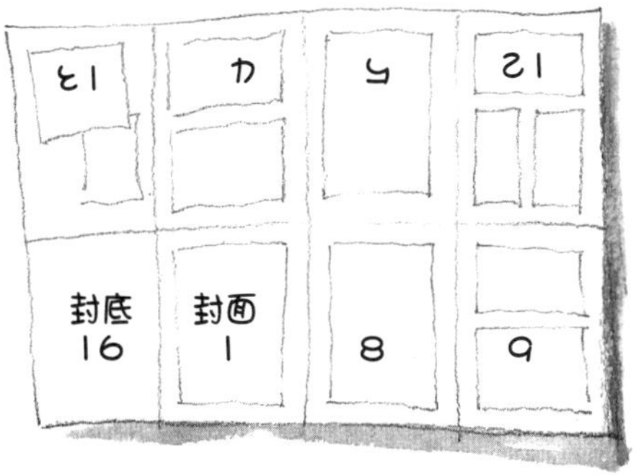

▲第二張原稿大樣

八、在書的中央，就是第八頁和第九頁之間，釘兩個釘書針。

九、將沒有釘書針的三個邊裁切整齊。迷你漫畫書完成。

十、重複以上步驟。

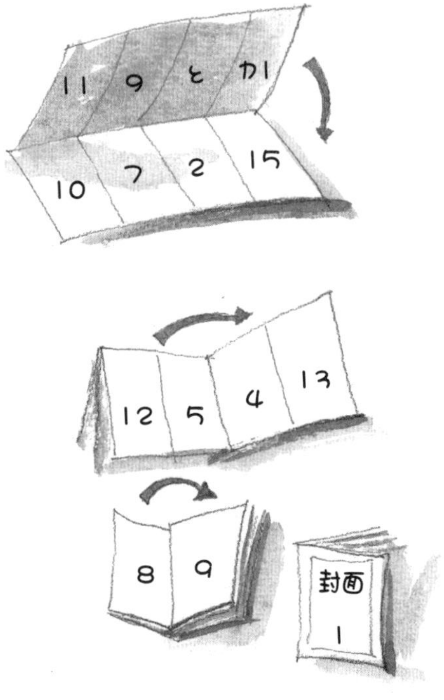

這十個步驟都要完美的執行，否則沒人會花錢買他的漫畫。

技術性問題解決後，就要開始撰寫了。葛雷不只寫一個故事，他還想好一個偉大的出版計畫。第一部漫畫的主角是克雷昂，一個很聰明的石器時代英雄，總是幫族人處理史前野獸或克羅馬儂人的侵襲等危機。葛雷覺得可以幫克雷昂出七、八冊漫畫。

〈小胖漫畫〉的第二部設定在未來，一位叫做伊昂的超級英雄試圖保護一小群人。他們住在快要融化的冰山上，周圍有變種人伺機危害人類，而這些變種人是人類和有毒的爛泥加上回收卡車或飛機組成的。葛雷也打算幫伊昂出個七、八冊。

〈小胖漫畫〉第三部的主角是里昂，一個普通的現代宅男。有一天、里昂的數位原子錶發生過熱現象，迴路線被燒進他的手腕，和神經融合在一起。他變得活力無限。里昂發現他可以把錶設定在過去或未來的時間，進行時光旅行。在第三部的七、八冊故事裡，里昂會回到過去和克雷昂一起並肩作戰，他也會飛到未來協助偉大的伊昂。最後，三位主角克雷昂、里昂和伊昂會聚在一起，也就是過去、現在和未來的大團圓。

一旦有了大綱，寫第一個克雷昂的故事《獵人重現》就簡單多了，倒是畫圖比葛雷想像的還要難。想把每一張圖都畫到滿意，需要花許多時間。這不像平常隨便畫的圖畫，這些圖畫必須夠好，好到別人會願意花錢買的地步。

封面、封底和十四張內頁都畫好、貼好之後，葛雷拿著兩張大樣開始研究怎麼影印。

他用爸爸那台影印機，事實上，那是客廳電腦的印表機，具有列印、掃描和影印「三合一」功能，還有黑白和彩色兩種選擇。

葛雷丟了大概四十張廢紙到回收桶後，才搞清楚怎麼把十六頁圖畫正確的印在一張紙的正反兩面。

最後，他折好了第一張完美的影印紙，釘上兩個釘書針，裁掉上面、旁邊和下面的邊。於是，在七月中旬的一個燠熱夜晚，葛雷站在客廳翻閱〈小胖漫畫〉第一部第一冊的第一本。真是個值得驕傲的時刻。

葛雷一直在做記錄。他把花費的時間都加起來後，發現了一個壞消息：光是做這一本漫畫就花了他六十多小時。但也有好消息，因為接下來他只花了兩個小時影印、折疊、釘釘書針、裁邊，做出了一百份的第一部第一冊。

葛雷整個暑假都在練習畫畫，他進步了很多，也快了很多。而且，多好玩啊。他把書架上教畫畫的書都找出來，尋找捷徑和新點子。他在晚上畫畫，白天還可以享受戶外生活，同時打零工賺錢。

接下來的兩本漫畫，從繪圖到上墨只花了他二十小時，一本花九小時，另一本是十一小時。等到九月開學時，葛雷已經有另外兩本克雷昂漫畫的大樣準備好，隨時可以印刷。而且，他還有三百本《獵人重現》都已經印好、折好、釘好、裁切好，準備上市了。

做漫畫書很好玩，但是葛雷相信賣漫畫書會更好玩。即使一本只賣二十五分，他還是會賺很多錢。他都計算過了，雖然印表機的墨水匣很貴，但是葛雷還有全套補充包。全部算起來，一本漫畫的墨水、紙張和釘書針要花兩分錢。不算時間成本的話，賣一本〈小胖漫畫〉就可以把兩分錢變成二十五分錢。錢將滾滾而來。

葛雷用叉子在水果沙拉裡翻來攪去，叉起一顆櫻桃。他嚼著甜甜的櫻桃，同時心裡計算著收入，然後聳聳肩膀。他心想：目前賺了十五塊五十分，還不算差啦，這是一個全新的企業嘛。

思考過這一切後，葛雷認為〈小胖漫畫〉的起步頗為成功。他午餐都還沒吃完，就雇用了泰德當〈小胖漫畫〉的第一位推銷員，每賣兩本就給他五分錢佣金。葛雷還是希望達到銷售目標，在第一個星期就賣出一百本。

但是做生意就跟人生一樣，總是充滿意外。三十三分鐘後，在音樂教室外面的走廊上，葛雷和他的新公司都被嚇了一跳。

再過兩分鐘，六年級合唱課就要開始了，葛雷正在努力利用時間。他剛剛賣了兩本《獵人重現》給羅伊・詹肯斯，這時泰德走過來，在他手裡塞了個東西。

葛雷低頭看到一本迷你漫畫書，他注意到泰德的表情。「怎麼了？」他問：「這一本有問題嗎？」

泰德點點頭說：「仔細看看。」

葛雷把書翻過來看。泰德是對的，這本漫畫大有問題，因為葛雷拿在手裡的並不是他的〈小胖漫畫〉。

封面的小橫條上寫著〈小寶貝漫畫〉，書名叫做《迷路的獨角獸》。可愛的封面是用彩色鉛筆上色。

葛雷明白自己手上拿的是什麼了，他整張臉垮下來。很顯然有人在抄襲他的點子，這個偷襲別人、抄襲別人的傢伙到底是誰？

葛雷根本不需要看，他知道只有一個人敢這樣抄襲他。不過，葛雷還是翻到小書的第一頁找了一下。

果然，一排小小的、工整的字，就在書名的下面寫著：「文圖作者：毛拉・蕭。」

5 對街的女生

葛雷一直都住在楓葉街。當他年紀還很小的時候，就注意到對街那個女生會幫她爸爸掃落葉，有時會看到她在她家的車道上騎著小三輪車。這個女生看起來跟他年紀差不多，但是沒有跟他上同一家托兒所或是教會的主日學校，所以葛雷並不知道她是誰，而且他也不想知道。

那時葛雷的世界還很小，那個金髮小女生不在他的世界裡。葛雷注意這個女生的方式就跟注意附近的小狗、人行道旁的小花或路口一閃一閃的黃燈一樣。

雖然他們在同一間學校念幼稚園大班，可是葛雷上的是上午班，女生上的是下午班。他們好像住在不同國家似的。他們之間只隔著十公尺寬的水泥馬路，可是小孩子從來不會獨自跨越這條街。

葛雷五歲生日時，收到一輛底盤很低的塑膠三輪車，車身是明亮的藍色、紅色和黃色，還有巨大的黑色輪子。堅硬的塑膠輪子騎在路上會發出很大的聲音，好像卡車開過似的。

一拿到車子，葛雷就連續騎了兩小時。他一次又一次的衝下車道，猛然向右轉，然後沿著人行道直衝，他的捲髮從高高的額頭上向後飛起。這時他注意到對街那個女生坐在門前階梯上看他，他立刻加快了速度。騎過去的時候，他微笑揮手。那個女生也對他揮揮手，但是沒有微笑。

一星期後的某個下午，葛雷出去騎車，那個小女生並沒有坐在門口。她在她家的車道上來來回回騎著她的大輪子三輪車，只不過車身是粉紅色、綠色和白色。葛雷從車道衝下來，轉到人行道上時，她也從她家的車道衝下來，轉往她那邊的人行道上，就像鏡子裡的人影一樣。葛雷在第十街轉角停下來，掉轉車頭騎回家時，那個女生也停下來，掉轉車頭騎回家。他加速，她也加速。他把兩腳放在地上當煞車猛然停住時，她也這麼做。

葛雷很火大，但是假裝沒看到她。他掉轉車頭，慢慢的騎向第十街。他沒有看，但是光聽聲音也知道，那女生在她那邊的人行道上做和他一樣的動作。

葛雷又掉轉車頭，腳放在踏板上，然後往對街看過去。那個女生也掉轉車頭，看著他微笑。葛雷點點頭，他們同時出發。

幾秒鐘內，葛雷就以最快速度往前衝，他的兩腿用力踩，兩手用力抓著手把。人行道有一點往下斜，快到家時，葛雷開始放慢速度。他以前騎車從來沒有超出自己家的範圍，但是他看那女生沒有放慢速度，只好繼續前進，一路往街角那個高高的藍色信箱衝過去。每次騎過人行道上凸起的樹根，葛雷都從座位上彈起來，幾乎要失控了。如果他以這種速度在第九街轉彎的話，鐵定會翻車。所以到了最後一秒鐘，葛雷用球鞋踩住人行道讓自己停下來，當時前輪離人行道盡頭只有十幾公分。

葛雷很快的轉頭看楓葉街另一邊，女孩也停下來了，前輪離人行道盡頭只有十幾公分，而且還在笑。

葛雷大聲朝對街喊：「平手。」

女孩搖搖頭，對他喊：「幾乎平手。」

葛雷皺起眉頭說：「要再比一次嗎？」

「明天再說吧。」

「因為你怕了。」葛雷大喊。

女孩沒有回答。她一直微笑，掉轉車頭，慢慢騎回她家車道。

那是他們第一次比賽騎三輪車，之後還有無數次比賽，每次都平手，或是幾乎平手。

很快的，葛雷知道了對街女生的名字——毛拉・蕭。

6 好酸的檸檬汁

有時候，兩個小孩間的爭執就僅存在於彼此之間。但是，葛雷和毛拉之間的衝突一向非常公開，而且歷史悠久。不論是他們的家長、鄰居、朋友，尤其是同時教過他們的老師，都注意到了他們之間的爭吵。

「葛雷和毛拉就像貓和狗一樣，整天吵個不停，總是要把對方比下去。他們兩個都在的時候，我的教室根本不夠大。」一年級的吉普森老師曾經這樣描述過他們的情形。

「毛拉和葛雷都很倔強。他們兩個之間絕對有性格衝突。」四年級的海威瑟老師這麼說。

「他們就像正數和負數，總想把對方消除掉。」吉諾托波羅老師如此解釋。葛雷和毛拉現在都唸六年級，而他是他們數學老師。

回到那個星期四下午，葛雷站在音樂教室外的走廊上，手裡拿著〈小寶貝漫畫〉，他瘦長的臉憤怒的垮了下來。他是怎麼看待這個情況的呢？

「我痛恨她的腸子！」

很重的字眼，這是葛雷從舊的黑道電影裡學來的台詞。但這樣罵人實在很愚蠢，因為如果毛拉・蕭的腸子現在從走廊另一頭走過來，葛雷根本認不出來。事實上，所有人的腸子都長得差不多。

但是此刻的葛雷無法冷靜思考，他說他痛恨毛拉的腸子其實不過分。應該是說，根本就說得不夠狠。因為在葛雷心裡，毛拉比小偷好不到哪裡去。她一向喜歡抄襲，這已經夠糟了，可是更令葛雷忍無可忍的是她想用他的點子趁機撈一筆。這麼多年來，毛拉一直是個討厭鬼，而現在竟然又來這招。

上課鐘響，葛雷把毛拉的書塞進口袋。他跑進音樂教室坐下。喬默思老師開始在鋼琴上彈出音階，全班開始做發聲練習。

葛雷張開嘴，和其他人一樣發出「喔—伊—喔—伊—喔—伊—喔—伊—喔」的聲音，可是他的心在其他地方。

他在〈小胖漫畫〉上花了很多心血，那是個很大很大的計畫，但是毛拉竟然在學校賣她愚蠢的〈小寶貝漫畫〉，想要偷走他的顧客。毛拉會搶走他的收入，甚至毀掉一切。必須有人改變，就是毛拉！她必須立刻改，最好今天就改！

可是當葛雷回想起過去和毛拉交手的經驗時，某個特別事件躍入他的腦海中，讓他覺得一點希望也沒有……

除了服務家人之外，葛雷第一次跟外人做的生意是賣檸檬汁。二年級結束後的暑假，六月底時，他賣出第一杯檸檬汁。整個七月和八月裡的每一個炎熱夏日，他都在賣檸檬汁。下一個暑假，他又賣檸檬汁，老顧客都回籠了。這時他改採榮譽制度，讓顧客自己盛檸檬汁，自己把二十五分錢丟進玻璃瓶蓋上的開口裡。這樣葛雷還可以同時做些別的事情賺錢，像是修剪草皮之類的工作。

四年級後的暑假，第一個大熱天，他的小店又開張了。他的新招牌上寫著：

葛雷的
冰鎮檸檬汁
還是只要二十五分錢

不到一小時，麻煩就來了。毛拉‧蕭在對街也開始賣起檸檬汁。彩色大陽傘下立了個大招牌寫著：

毛拉的
美味檸檬汁
只要二十分錢

整個下午，葛雷無助的看著。他的顧客大概有一半都跑去跟毛拉買檸檬汁了。

兩天以後是星期六，天氣又很熱。到了中午，毛拉又坐在她的大傘底下，賣便宜檸檬汁。

但是葛雷仔細盤算過後，將冰桶和兩大罐檸檬汁放上小拖車，然後拉著車子到附近叫賣。他把冰涼的檸檬汁直接帶給在院子裡割草、整理花圃、又熱又渴的鄰居。送貨到府果然是個好主意，有些人一口氣買了兩、三杯。葛雷賺了不少錢。

二十分鐘後，毛拉也開始在對街拉起拖車，用同樣的方法賣她的檸檬汁了。

葛雷氣壞了。他左右看看確認沒有來車，就過了楓葉街的馬路，站在毛拉面前。

她把幾撮汗溼的金髮撥開，直盯著葛雷說：「你擋到我了。」

葛雷搖搖頭說：「才怪，是你擋到我了。你偷走我的顧客，還有我的點子。」

毛拉的眼睛眨也不眨的說：「我要賣檸檬汁是我的事，任何人都可以賣。像我媽媽小時候也賣過檸檬汁，這是她跟我說的。而且我可以拉我的拖車到任何地方。」

毛拉向前走一步，她滿是雀斑的鼻子離葛雷的臉只有十公分，藍眼睛睜得很大，看起來一點也不害怕。「走開！」

那時候的毛拉可能比葛雷重七公斤，葛雷可不想跟她比力氣。他讓開了。拖車經過時，他踢了後輪一下說：「你為什麼不自己去想個點子？」

毛拉說：「或許我會。」她吐了吐舌頭。

「是喔，」葛雷說：「可惜你根本沒腦袋。」

「我有！」

「證明看看啊。」葛雷說。

「或許我會。」毛拉又說。

葛雷說：「我才不信呢……腦殘！」

接下來的整個星期，毛拉都沒有出來賣檸檬汁。葛雷心想：「終於得到教訓了吧！」天氣一直很熱，葛雷每天可以賣掉兩塊錢的檸檬汁，有時候還賣到三塊或四塊錢。

有一天下午，他看到毛拉沿街拜訪鄰居。她穿著黃色洋裝、白襪子和小小的黑皮鞋。她用野餐籃裝了一些東西。葛雷看不出毛拉在賣什麼，但是他可以看到金錢易手。他看了十分鐘，非常想知道她在幹什麼。最後他終於忍不住了。

葛雷從側門溜出去，跑過後院，穿過小巷子，躡手躡腳的穿過兩幢房子中間，躲在詹森家前院的草叢裡。他等了大約十分鐘，彎著腰蹲在刺刺的鐵杉叢裡打蚊子。然後毛拉過了馬路，走到詹森家門前。她的鞋踩在木質前廊上好像在敲低音鼓。葛雷聽到門鈴響，有小小的腳步聲跑過來，有人撞上了紗門。

毛拉說：「嗨，提米。媽咪在家嗎？」

提米・詹森大約三歲。過了很久他才說：「她是我媽咪。」

毛拉說：「呃……可以叫你的媽咪來一下嗎？」

又是一陣沈默。

提米說：「她是我媽咪。」

毛拉笑了，說：「我知道。你只要轉身大喊：『媽咪，門口有人找你。』就好啦。你會叫人對不對？叫她啊！快點，去叫她。媽咪在家對不對？」

又是一陣沈默。

「她是我媽咪。」

毛拉放棄了，她隔著紗門叫：「詹森太太！詹森太太！是我，毛拉・蕭。有人在家嗎？」

葛雷聽到大人的腳步聲，然後又聽到：「喔，哈囉，毛拉。你今天看起來真漂亮！已經到了賣女童軍餅乾的季節了嗎？」

「不，我在賣拼布隔熱墊。我自己縫的。」

在草叢裡，葛雷差點笑出聲來。隔熱墊？蠢死了！

詹森太太顯然有不同想法。「這些隔熱墊真漂亮啊，毛拉，還有那麼多顏色。你說是你自己縫的？」

「是的。」

「嗯，我要這兩個……這些藍色和粉紅色的正好可以搭配我妹妹的廚房。這些怎麼賣？」

「一個兩塊錢。」

「喔——好便宜。我要幫自己多買兩個。」

葛雷聽到詹森太太走開，走回來，打開紗門。然後葛雷聽到了世界上最美妙的聲音，就是數新鈔時發出的沙沙聲。可惜鈔票到了毛拉手中。

「這裡有五、六、七、八、九、十、十一……你介意收四個二十五分錢嗎？」

「完全不介意。」

葛雷又聽到錢幣的聲音，然後詹森太太說：「總共十二元。」

毛拉說：「謝謝你。」

「我才要謝謝你呢，毛拉。我們每次在廚房用這些隔熱墊的時候就會想到你。對不對啊，提米？」

提米說：「她是我媽咪。」

葛雷聽夠了。他溜出樹叢，飛奔回家。

天氣很熱，他打開冰箱給自己倒了一杯賣剩的檸檬汁。喝起來好酸。

葛雷抓了一枝鉛筆和便條紙計算一下。如果毛拉能夠拜訪附近所有的家庭，如果每個在家的媽媽都買幾個隔熱墊的話……她可能賺到五十塊錢，才一個下午！五十塊是很大一筆錢。

接著門鈴響了，媽媽從地下室喊著：「葛雷，你去看看門口是誰好嗎？」

是毛拉。

她對葛雷微笑說：「哈囉，小男孩。媽咪在家嗎？」

葛雷瞪著她。然後他也微笑著說：「她是我媽咪。」

毛拉的藍眼睛突然睜大，又瞇了起來。她用手指著他說：「你在詹森家偷聽！對不對？」

葛雷笑得更開心了，又說：「她是我媽咪。」然後「碰！」的一聲，他把門對著毛拉的臉摔上。感覺真好。

門鈴又響了，當葛雷再度打開門時，他回頭喊：「媽，門口有……有個什麼東西。找你的。」

葛雷的媽媽匆忙走到前廊。「毛拉，我正希望你會來呢。亞特曼太太打電話來說你在附近賣最美麗的隔熱墊，希望你還有剩一些讓我挑。」

葛雷往樓梯上走了四階，靠著扶手，從媽媽肩膀上往外看。籃子裡鋪了黃色的布，隔熱墊排列成菱形而不是方形。

「這些好美喔，毛拉。這要多少錢？」

毛拉遲疑了一下，然後說：「三塊錢。」

「三塊？」葛雷說：「我以為只要兩塊錢。」

可是毛拉堅持。「我只剩四個了，而且這些是我最好的作品。一個三塊錢。」

葛雷知道毛拉在做什麼。她提高價錢，試著找出顧客願意付的最高價。很聰明的一招，這一招葛雷也會。

果然，他媽媽說：「這麼漂亮的隔熱墊只要三塊錢？四個我全要了。」她去拿錢包。

毛拉知道她剛剛贏了一局。她抬頭看葛雷，給他一個得意的笑容說：「你還認為我沒大腦嗎？我剛剛賺了十二元，現在又賺了十二元，就在你家。嘿……我渴了。」她從洋裝口袋裡拿出一個二十

五分錢，伸出手。「跟你買一杯檸檬汁。」

葛雷噘起嘴說：「我才不賣你……」正在這時，他媽媽走回來了，但他話還沒說完呢。他轉過身，用力踏著樓梯上樓，穿過走廊回到自己房間後，又大力的摔上門。

檸檬汁大戰已經過了一年，這時的葛雷坐在音樂教室裡，他清清楚楚記得接下來還發生了什麼事情。他走到自己房間的窗戶前，看著毛拉走過楓葉街回家，一面搖晃著空了的野餐籃，一面把剛賺來的十二塊錢塞進洋裝口袋裡。

他記得自己當時想著，做隔熱墊賣給媽媽們確實是個好主意。另外，她故意打扮漂亮，還在野餐籃子底部鋪上那塊布，這點也很聰明。

葛雷記得，他當時必須承認那個被他說「腦殘」的女孩其實並不笨。毛拉確實有大腦。當她被質疑一個隔熱墊賣三塊錢，而不是兩塊錢的時候，她也沒有退縮，實在很有膽量。

想到毛拉這麼強，讓葛雷更加痛恨她了。

毛拉是個難纏的對手。再過三十五分鐘，他就會看到她，因為他們兩個一起上數學課。

決鬥的時刻到了。

7 秩序與混亂

艾須伍茲是個大學校，四百五十個九歲到十二歲的孩子在同一個屋頂下，吵吵鬧鬧是常態。因此，二十七號教室並不正常。

艾須伍茲的二十七號教室從來不會亂七八糟或吵吵鬧鬧。二十七號教室永遠像座安靜的小島，充滿秩序和寧靜。這是因為安東尼・吉諾托波羅老師統治這個小小國度，大家都稱呼他吉老師。

吉老師個子普通，除了他的頭以外。他的頭很大，和身體不成比例。但是這或許只是視覺錯誤，因為他黑白相間的捲髮四處亂長，足足有五公分長。除了他不聽話的頭髮以外，吉老師的休閒式穿著總是整整齊齊。他只有在期末朝會時穿西裝打領帶，其他時候都穿卡其褲或燈心絨長褲，加上細心燙過的寬鬆襯衫。他的黑眼睛好像可以把人看穿，臉上總是掛著開朗的笑容，以致於讓人不會太注意他那個特別大的鼻子。

吉老師教六年級。在他的國度裡，數學統治著一切。他的教室裡的一切，包括出了名的安靜這件事，都是數學的產物。吉老師不只是「教」六年級數學，他的生活就是數學，他連呼吸、吃飯、睡覺、做夢都是數學。他太太在高中教幾何學，甚至可以說他的結婚對象也是數學，而且，他們的獨子在州立大學主修工程學。

對吉老師來說，數學是一切真善美的源頭。數學控制了星球的運轉軌道，永遠完美無瑕的保持平衡。數學沒有衝突，它提供了火箭升空的基本原理，也讓貝多芬可以創造交響樂。吉老師相信，即使是蒙娜麗莎的微笑也像鸚鵡螺的螺旋一樣，可以用優美的比例和數字來表示。

鬧鐘、溫度計、計算機、手上的電子錶、車上的里程表、學生的考試分數和成績百分比，這些都提供他生活所需的數字。他每天早上都六點十五分起床，不論需不需要到學校上班。他自己做過三年的統計研究，發現第七台的氣象報告最準確，所以如果氣象報告說溫度會超過攝氏二十一度，就等於要穿卡其褲加短袖襯衫；二十一度以下等於燈心絨長褲加長袖襯衫；十度以下要再加一件毛衣。

每年三月一日，吉老師會把羽絨大衣收起來，到十月一日再拿出來。每個月第三個星期四下午四點十五分，他都跟理髮店有約。他的白色豐田轎車每跑八千八百公里就換一次機油，當里程表到了十七萬六千公里，也就是該換第二十次機油時，他和他太太就會開始尋找下一輛新的白色豐田轎車。為什麼一定要是豐田轎車？因為數學。這是他的經濟能力所能負擔的最便宜、功能最多、維修問題最少的汽車。那為什麼一定要白色的？還是數學。夏天時，白色汽車的車內溫度最低，可以減少冷氣的使用，節省更多汽油，這樣每公升汽油能跑的距離會比較長。

每年有一百八十五天要上學，每堂課有五十五分鐘。吉老師每天會把這學年數學課還剩多少分鐘寫在黑板上，從一萬零一百七十五分鐘，也就是學年開始的那天算起。他的小考成績會計算一遍，段考成績計算兩遍。成績百分比會算到小數第三位，四捨五入。跟他討分數絕對是沒用的，因為數字從不說謊。

吉老師也有幽默感，但那是數學式幽默。

他並不是特別聰明，可是卻有用不完的數學腦筋急轉彎謎語。像是：三角形跟圓形說了什麼？三角形說：「你這人真是好相處，一點稜角也沒有。」九十度角跟九十一度角說什麼？「你不要那麼鈍嘛。」加號跟減號說什麼？「你總是那麼負面。」為什麼等邊四邊形不喜歡爵士樂？因為他太方正了，一板一眼的沒有生活樂趣。其實，吉老師也是這樣一板一眼的。

如果吉老師顯得呆板、頑固或缺乏彈性，那也是因為數學的關係。數學的規則固定不變。數學計算沒有討價還價的餘地，不可以亂猜、沒有情緒，只有智力的流動。數學總是有答案，正確的答案，而且可以完全了解答案為什麼正確。

這就是為什麼吉老師熱愛數學的原因。他對數學真的是「熱愛」，不只是喜歡、享受或欣賞，而是熱愛。他熱愛思考數學，熱愛運用數學，尤其熱愛教數學。數學是完美的。數學讓學生糊里糊塗的腦袋變清楚，亂七八糟的生活變得有紀律。世界上有那麼多事情一直在改變，像是政治、氣候、能源價格，還有《時代》雜誌的封面，但是數學不會變。他總是跟學生說：「從現在直到未來，二加二永遠等於四，永遠如此。」

但是在這一天，六年級數學課還剩下九千七百九十分鐘時，葛雷．肯頓滿腦子混亂的衝進安靜的第二十七號教室。他直接走到毛拉．蕭的座位前，把〈小寶貝漫畫〉摔到她桌上，咬著牙說：「很好！好極了！你這個小偷。你偷了我的點子，你明明知道那是我的點子。不准你再繼續賣，現在就停止！」

毛拉跳起來，面對著葛雷說：「喔，是啦，說得好像是你發明了紙和畫畫一樣，難道字也是你發明的嗎？你要知道，任何人都可以做他們想做的東西，當然也可以賣東西。這是自由的國家，兩百年來都是如此，難道你沒聽說過？」

吉老師從成績紀錄本上抬起頭來，看到第四排的爭執，站起身子。他邊走動邊說話，才三秒鐘就到了事發地點。

「好了，好了……不要吵了。葛雷，小聲點。毛拉，你也是。都坐下。現在這是怎麼一回事？」

「很簡單。」葛雷打開鉛筆盒說：「我先開始做這種小漫畫書，現在她卻用愚蠢的仿冒品來佔我便宜。她偷了我的點子，就等於是從我口袋裡偷走我的錢。」他指著毛拉桌上的獨角獸漫畫書。「就是這麼一回事！」

毛拉搖頭。「你這個貪心的守財奴，你總是在想『我的，全都是我的。』你只在乎這個！」

「你亂說！」

「好了，」吉老師說：「安靜。」

但是毛拉又站起來說：「本來就是！可憐的小葛雷受不了別人也有好點子。」

葛雷從鼻子裡哼了一聲，抓起〈小寶貝漫畫〉。「是啦！好像這是個好點子似的。你知道這是什麼嗎？垃圾！便宜的、愚蠢的垃圾，就像你一樣！」葛雷把《迷路的獨角獸》封面扯下，扔到毛拉的臉上。

「你們兩個住手！都給我住手！」

吉老師好像消失了一般，當葛雷開始撕另一頁時，毛拉眼中只有她的小書。

「還我！」她伸出右手去搶，葛雷把書高舉過頭。當毛拉的手也跟著舉高時，最後三個手指關節「叩」一聲打到了葛雷的鼻子。

葛雷張大了嘴。吉老師也是，毛拉也是。

半秒鐘的震驚和寂靜後，「啊！」葛雷抓住鼻子，他的鼻血滴到毛拉的桌上。

平常比圖書館還要安靜的二十七號教室，忽然吵鬧了起來。

「你看到沒有？」

「什麼？哪裡？」

「毛拉……她揍了他一拳！」

「不可能！」

「我親眼看到的。你看他的鼻子。」

「喔，流血了！」

在這些聲音之中，還是聽得到毛拉大聲尖叫：「噢……噢……

對不起……我不是要……我不是真的要……真的，我不是……」

吉老師想要掌控全場。他想要讓教室安靜，讓毛拉安靜，讓葛雷去保健室，但是有血。

數字從來不會流血，吉老師認為這是數學的最佳特質之一。光是「血」這個字就足以讓他想找張椅子坐下，把頭埋在兩腿之間。

吉老師轉身背對葛雷，他已經開始頭暈了。他臉色蒼白的跌坐在最近的椅子裡。用力吞了一口口水後，勉強著說：「毛拉……請幫忙……葛雷……去保健室……我等一下會……去。」

毛拉衝到教室前面，從吉老師桌上的衛生紙盒裡抽了五、六張衛生紙，趕快回到葛雷身邊。「拿去。」

葛雷接過衛生紙，可是當毛拉抓著他的手肘要帶他去走廊時，他掙脫開來，自己走出教室。被女生揍得流鼻血已經夠慘了，才不要讓那個女生幫忙呢。

毛拉在保健室門口停住腳步，讓護士艾美太太接手。艾美太太讓葛雷坐在黑色塑膠病床上，從櫃子裡抓了一個冰枕，在桌上摔了三、四次讓化學顆粒開始降溫。她戴上一付淺綠色塑膠手套，拿一張紙巾在水龍頭下弄溼，開始擦葛雷的臉。

「身體往前傾。」護士拿起冰枕用溼紙巾包住。她傾身向前，仔細看葛雷臉上的傷痕，然後把冰枕輕輕放在他臉上。

艾美太太說：「發生了什麼事？」

葛雷大可以舉起血跡斑斑的手，指著門口大聲說：「毛拉打我！她打我鼻子，打得很用力！」他可以說得很大聲，讓走廊對面的校長也聽得到。

可是他沒有。他嘟噥著說：「是意外。有人想拿一個東西……

我剛好擋到了。」

護士拿起冰枕，小心的用戴了手套的手指碰碰葛雷的鼻子，他痛得皺眉。艾美太太說：「嗯……沒斷掉，可是你會有黑眼圈，很大的黑眼圈。你先待在這裡，直到確定不會再流鼻血。」她把冰枕放回葛雷臉上說：「把左手放這裡，壓著……不要太用力。」

葛雷乖乖聽話照辦。

轉身面對門口，艾美太太說：「毛拉，你身上沾到血了嗎？」

毛拉看看她的手和胸前。她搖搖頭。

「還有哪裡？」護士問。「在哪裡發生的？」

「吉老師的教室。桌上有幾滴血，地上可能也有。」

艾美太太點點頭。「我會請工友先生去清理。回去上課吧。」

毛拉遲疑了一下。她覺得葛雷是個好人，並沒有因為這樣而怪她。她希望葛雷轉身看她一眼，讓她至少點個頭表示謝意。但是葛雷一直閉著眼睛，她只好轉身離開。

艾美太太說：「葛雷，我必須去找工友先生了。你可以往後靠著枕頭，但是不要亂動，好嗎？」她說完就離開了。

葛雷半邊臉都在抽痛。他往後躺下，心裡想：太好了，一個黑眼圈，還是被女生打的。真是倒楣！

毛拉在吉老師教室裡說的話浮現在他腦海中：「……你這個貪心的守財奴，你總是這樣！」這些話真傷人，比鼻子被揍還糟。多年來，他的哥哥也總是說他小氣、貪心。大家都這麼想嗎？我是個守財奴？大家都想要有錢不是嗎？這有什麼不對？如果我就是有好點子能怪我嗎？我就是喜歡努力工作啊！這有什麼不對啊？

葛雷感覺到右手還握著什麼。他把手舉到右眼看得到的地方，是一團沾了血的衛生紙。還有個東西，是毛拉的小書——《迷路的獨角獸》。

封面被撕掉一半，皺皺的內頁沾了血跡。葛雷心想，用鮮血著色還真生動啊，他忍不住笑了，卻讓他的鼻子和左眼一陣刺痛。

他調整焦距看著書，只用右手翻動書頁。

葛雷立刻發現這故事和他的很不一樣，這點並不令人意外。這故事是在講一隻迷了路的獨角獸，這也很容易猜到。一開始，獨角獸很害怕，然後牠想起父母對牠說的話：「如果你遇到困難，找一個問題比你更嚴重的人，去幫助他。這樣一來，你的煩惱就會消失了。」於是獨角獸去尋找需要幫助的人。牠找到一位被綁架的公主，正被邪惡的怪物關在塔樓裡。獨角獸用牠的角砍下一棵樹，斜倚在塔樓牆上，讓公主逃出來。然後獨角獸讓公主騎著牠回到皇后的城堡去。皇后看到公主安全回來非常高興，她讓十位最好的武士幫助獨角獸找到回家的路。他們從此過著幸福快樂的生活。

雖然葛雷覺得故事很無聊，但還是不得不承認寫得很好，畫得也不差。這其實算是一本小圖畫書，完全不像漫畫。毛拉的每一張圖都畫滿一整頁，沒有漫畫的格子，沒有邊線，也沒有對話框，但是畫得很好。毛拉還在邊緣畫了蔓藤和花朵。

他把小書拿得更靠近一點，眨了眨眼睛，然後他抹一抹書頁，暗灰色的線條被他抹糊了。他無法相信眼前的景象。這是……這是原稿！毛拉親手繪製每一本書！怪不得我撕的時候她快氣瘋了！

葛雷把頭往後靠，閉上雙眼，笑了起來。他剛剛有了一個重要發現，這表示毛拉不知道如何大量製作小書。這表示她可能只做了四、五本。這表示，身為小書的製作者，她目前的技術根本只能玩玩而已，完全沒有競爭力。毛拉根本不夠看。

葛雷的生意頭腦立刻活躍了起來，他的未來再度燃起希望，大家會買一大堆〈小胖漫畫〉，他會賺一大堆錢。他以後必須用專業方法印刷。他還需要僱用一群藝術家幫忙繪圖，以便配合日益增加的出版需求。或許他得租一棟大樓，不，乾脆買一棟好了。他會架設網站，也開始賣給主要的漫畫經銷商。最後，他會在紐約、芝加哥和洛杉磯開分公司，還有香港和倫敦，就叫做「小胖漫畫國際公司」。他會有錢到一週七天都坐不同的大轎車上班，每輛轎車上漆著不同的漫畫英雄。

「鈴——」葛雷坐起身，他仍然陶醉在其中。他眨了眨眼睛。冰枕在手臂上，頭很痛，他還在保健室的病床上。這一天發生的事情逐漸回到腦海中。他剛才睡著了。

艾美太太坐在桌前對他微笑。「好一點了嗎？」

「嗯，好一點了。」葛雷再度往後靠，伸手拿冰枕。

然後他忽然坐直身子。「事實上，我好多了。我想我應該要回去上課了。」

葛雷還有工作要做。再一堂課，星期四就要結束了，他還有漫畫書要賣呢。

毛拉來到門口。「嗨，我拿了你的背包來，還有你的鉛筆盒。你的臉看起來好多了。」

葛雷不知道該說什麼，於是點點頭。

毛拉說：「你要去上課嗎？」

葛雷看著艾美太太問說：「我可以去上課嗎？」

她點點頭。「應該沒什麼問題了。可是如果一覺得不舒服，就要馬上過來，知道嗎？」

「好。」葛雷站起身，走到門口。「謝謝。」

「不客氣。」

毛拉把東西交給葛雷。他用一邊肩膀揹著背包，用另一隻手臂夾著鉛筆盒，經過長廊往體育館走去。

毛拉轉身走在他身旁。「嗯，」她說：「你去上體育課嗎？」

「不是。」葛雷加快步伐。

毛拉跟上他，一步緊跟著一步。「說話課？」

「不是……是美術課。」

葛雷走得飛快，毛拉幾乎要小跑步才跟得上。「嘿，」她說：「趁我還沒忘記前先跟你說，放學以後你必須去吉老師的教室。」

葛雷繼續走著路，然後瞄了她一眼說：「為什麼？」

「他要跟你談一談，我也得去。是關於剛剛的事情。」

「這下可好，」葛雷說：「我足球練習會遲到。」

毛拉說：「你今天還可以跑來跑去練足球嗎？我是說，你的眼睛，還有這些事？」

葛雷猛然停住，轉身面對她。「喂，不關你的事。只是鼻子碰了一下好嗎？我很好，不需要你跟我說什麼能做、什麼不能做。」

「好啊，」毛拉說：「隨便你。我才不在乎。」

「很好，因為我才不在乎你在不在乎。走開啦！」

「不用你擔心，我會走開。拿去！」毛拉把一個二十五分錢塞進他的手裡。「你的錢。」

「幹嘛？」他問。

「買你的漫畫啊！一本二十五分錢，對吧？」

「什麼……你賣掉一本喔？」

「不是，」毛拉說：「是我買了一本。」

「你？」

「對啊。」毛拉把下巴抬高說：「法律有說我不能買嗎？」

「沒有，」葛雷說：「可是……為什麼？」

「這問題很蠢耶。因為我看過了啊，上數學課時。很好看。」

創造的驕傲贏過了壞脾氣，葛雷笑了。「你喜歡喔？真的？」

毛拉點點頭。「是啊，是不錯。不過……」上課鐘響了。「糟糕……我不能遲到。」毛拉轉身衝去上課。

「不過什麼啊？」葛雷對著她的背影大喊。

「等一下再說。」毛拉喊回去。

葛雷心想：等一下？喔，對了，我們要去見吉老師。

美術教室到了，葛雷很快就忘記毛拉說的話。他必須趕快做好鐵絲雕塑作業。星期一就要交了，他需要奇蹟發生才能準時完成。

即使如此，美術課結束前，他又賣了三本《獵人重現》。

8 雙雙倒下

星期四一放學，葛雷到了吉老師教室，但沒有人在。他坐在前排看著掛鐘，已經三點零五分了。葛雷心想：再六分鐘，如果過六分鐘老師還沒來，我就要去練足球了。

一分鐘後，毛拉衝進教室。「抱歉，我知道我遲到了，但是我……」然後她看到只有葛雷在場。她停了下來，走到教室前面。

「我以為我遲到了。」

「你是遲到了。」葛雷說。他用大拇指朝著吉老師的桌子比了一下。「但是比他早。」

毛拉坐下，跟他隔了幾個位子，轉臉看窗外。

一分鐘過去，葛雷覺得空蕩蕩的學校太安靜。他說：「呃……他要跟我們說什麼？」

毛拉沒有轉頭說：「我怎麼知道？」

「好啦。」葛雷說。

然後他想起毛拉說過他的漫畫：「……是不錯，可是……」

葛雷希望毛拉講完那句話。隨後又想，我幹嘛在乎她的意見？過了一分鐘，他的好奇心獲勝。可是，他仍然不希望毛拉認為他在乎她的想法。

他知道要怎樣重新提起這個話題。葛雷說：「我讀了你的獨角獸故事。很好看……以這種書而言。」

毛拉轉頭看著他，抬起一邊眉毛。「你這話是什麼意思？」

「沒什麼，」葛雷說：「就不是我會喜歡的那種故事嘛，沒別的意思。你知道的，就是那些公主啊、獨角獸的。我喜歡漫畫，但你的書不是漫畫。」

「那你幹嘛看它？」

葛雷聳聳肩說：「那是保健室裡唯一能看的東西。我無聊啊。那你為什麼讀我的故事？」

毛拉甩甩頭。「一樣的理由。數學課沒有別的事可做。」

「可是你買了一本，而且你說很好看，不是嗎？」

「是啦，」毛拉承認了。「可是……」

葛雷就是在等著這一刻。「可是什麼？你不喜歡哪個部分？」

毛拉安靜了一陣子，當她開口時，葛雷可以看得出來，她在小心的選擇用字。「嗯，就像你說我的書一樣，你不是說不是你喜歡的那種故事嗎？我知道你想賣很多本……」

葛雷打斷她的話說：「因為你認為我是一個貪心的小守財奴，對不對？」

毛拉目光一閃。「你到底要不要聽？」

葛雷點點頭，毛拉繼續說。「我喜歡你的故事，也喜歡你的圖畫，可是我不覺得會有很多女生喜歡。既然學校裡一半的學生是女生，如果你寫的是給男生讀的故事，頂多只能賣給一半的同學。」

葛雷假裝很震驚的對毛拉搖搖手指。「男生讀的故事？我要告訴珊柏恩老師你說的話。」珊柏恩老師是他們的社會老師，一天到晚愛講兩性平等。如果有人認為男人和女人，或是男孩和女孩應該有差別待遇，她就會火冒三丈。

毛拉說：「別蠢了。我又不是在講女性權利。我在講女生喜歡讀什麼，男生喜歡讀什麼。不管珊柏恩老師說什麼，大部分的男生不喜歡讀公主故事，大部分的女生不喜歡拿著長矛的穴居人類。」

毛拉剛說完這句話，吉老師就走進來了。「拿著長矛的穴居人類？你們又在互相罵來罵去了嗎？」

毛拉和葛雷搖搖頭。吉老師說：「很好。我剛剛在辦公室有點事情。我還怕我來這裡的時候，你們已經打起來，或是互丟椅子了。可是你們沒有吵架，也沒有打架，看來有進步了。」他把前排一張椅子往前搬了幾步，轉過來，面對他們兩個坐下。

吉老師整個下午都在思考要跟葛雷和毛拉說些什麼。他知道他希望會議結束時結果如何，可是他有心理準備，可能要花很長的時間才能達成他要的結果。在他的心裡，這是個數學問題。他會加一些好的意見，減掉錯誤的意見，用純邏輯除掉亂七八糟的想法，然後他和這兩個孩子會互相點頭微笑，他們之間的和平與了解將會呈倍數成長。

吉老師先看看毛拉，再看看葛雷，然後說：「現在，告訴我第六節課發生了什麼事，從頭開始說。葛雷，你先說。」

葛雷深吸一口氣，然後慢慢的說：「嗯，其實是從午休時開始的。我發現毛拉在賣小書，跟我的小書一樣。她佔我的便宜。」

「我沒有佔你便宜！」

「毛拉！」吉老師警告性的舉起手。「安靜。你等一下再說。」

毛拉點點頭，但還是繼續說下去。「他剛剛才說我的故事跟他的故事完全不一樣！」

「是啦，」葛雷的聲音揚高了。「可是都是迷你書對不對？承認吧，你佔了我的便宜！」

「安靜！兩個人都閉嘴！」吉老師不習慣這樣大聲講話。「我可不想受這個罪。如果你們兩個沒辦法好好跟我談，那我就把整件事情交給戴文波校長處理，還有你們的家長。」他看看毛拉，又看看葛雷，再面向毛拉。「清楚了嗎？現在，我要葛雷先說。毛拉，你一個字也不准說。」

他轉頭對著葛雷說：「你發現毛拉在賣這些小書，你生氣了。然後呢？」

「嗯，」葛雷說：「就是不公平嘛。這是我的點子，所以我生氣了。我很生氣的來上課，然後就……之後的事你也都看到了。就是這樣。」

吉老師點點頭，對葛雷說：「好。現在輪到你聽了，一個字也不准說。」他轉身對著毛拉說：「現在輪到你說。」

毛拉聳聳肩膀。「沒什麼好說的。我的意思是說，我有做什麼嗎？我在教室裡坐著，他衝進來開始大喊大叫，還往我臉上丟東西。至於我打他這件事，那是個意外，他自己也跟護士阿姨這麼說，所以我沒做錯什麼。」

「哼！」葛雷從唇縫裡噴出一口氣，雖然一個字也沒說，但是足以讓數學老師瞪他一眼。

吉老師重新面向毛拉。「給我看你的小書。你有帶嗎？」

毛拉打開背包前的口袋，拿出一本《迷路的獨角獸》交給吉老師。他很快的翻閱，讀著文字和圖畫。

然後他轉身問葛雷：「你的呢？」葛雷從鉛筆盒拿出一本交過去。吉老師也看過一遍。

他的目光從克雷昂的臉上移到葛雷的臉上，說：「所以，雖然這兩本書很明顯的不同，但你還是很生氣毛拉跟你做了類似的事，對不對？用了相同的點子？」

葛雷點頭。「對。我的點子。」

吉老師看著葛雷的眼睛說：「所以你同意我說的，一本有圖畫的小書算是一個點子囉？」

「是啊，」葛雷說：「當然，就像我說過的，那是我的點子。」

吉老師搖搖他的頭。「我不是這個意思。我是說，一本有圖畫的小書算是一個點子，但我並沒有說是你的點子。」然後他舉起手上的兩本小書說：「這兩個不同的東西還是算一個點子，對吧？」

葛雷點頭。「對，而且是我的點子。我先想到的。」

吉老師往前靠。「可是，真正的點子有個特質，就是沒有人可以擁有它。在數學史上，蘇美人最先發明了位值的觀念，早在五千年前。可是這個點子不屬於他們。你坐在我的教室裡做加法，把十位數、百位數進到下一位數時，會有蘇美人跑進教室說：『嘿，等一下！那是我的點子！』嗎？」

葛雷沒有回答。他垂著眼，盯著地上黏著的綠色口香糖殘渣。

吉老師繼續說：「現在，如果毛拉用了你的主角，這個叫做克雷昂的傢伙，或者是她畫得跟你一模一樣，那我覺得你更有理由生氣，可是她沒有。她拿一個早已經存在的舊點子——迷你書，然後用自己的方法製作。是的，她或許先看過你的書了，但是點子就是這樣，它們會傳播出去。所以我不覺得你應該生毛拉的氣，你應該覺得很有面子，有人認為你把舊點子重新創造得很有趣，有趣到她也想試試。」

吉老師停了下來。

葛雷正在低頭看他的球鞋，他決定讓毛毛頭老師把話說完。幹嘛辯解呢？這傢伙愈快說完，他就可以早一點離開去練足球。

「看著我，葛雷。」

葛雷抬起頭來看了看老師的臉，又低頭看地板。數學老師說：「我說的有沒有一點道理？」

葛雷聳聳肩膀。「有吧，我想。」

「那麼我想，這代表一件事。」吉老師停頓一下，等葛雷抬頭看他。但葛雷沒有看他，他只好繼續說：「葛雷，你需要跟毛拉道個歉。」

葛雷猛然抬起頭來。「道歉？我？我不要。」

毛拉知道葛雷有多麼頑固，而且在吉老師進來之前，他們本來談得很愉快。她很快的說：「吉老師，沒關係。他不用道歉。」

吉老師說：「喔，他必須道歉。首先他得跟你道歉，然後他得跟我道歉，因為他在我的課堂上惹事，浪費了寶貴的上課時間，只不過是為了一本漫畫書。」

葛雷感覺到憤怒在胸中熊熊燃起。他想仰頭大吼，就像克雷昂一樣。他想逼近這個人的大鼻子大喊：「是我有個黑眼圈耶，是我的點子被人偷走了耶！道歉？這件事情蠢斃了！不，事實上，是你蠢斃了！」葛雷感覺得到自己的臉漲得通紅，心臟狂跳。

就在這個時候，葛雷再度感覺到鼻子流血了。只不過，這次流得更嚴重。血從左鼻孔奔流而出，流過嘴唇，滴過下巴，滴到他的襯衫和桌子上。

吉老師用一隻手遮住自己的嘴，另一隻手顫抖的指著，眼睛睜得大大的。「喔……喔……你的鼻子，它……它……」他說不出「血」這個字。

吉老師的臉像紙一樣蒼白，額頭冒著冷汗，手還摀在嘴上。他開始發出喘氣聲。

之前，葛雷沒有注意到吉老師對血的反應，但這次很難不注意到。他決定要好好享受一下。

葛雷身體往前傾，對吉老師點點頭，完全不打算止血。「是的，我的鼻子在流血，流了很多的血。我在流鼻血，到處都是血，血、血、血。」

吉老師轉過頭，他快吐了。

「葛雷！」毛拉責備他說：「不要這樣！這樣很壞耶。」她已經從老師桌上拿了衛生紙。「拿去。」她把整盒衛生紙塞給葛雷。

她轉身面對吉老師說：「我可以幫您拿什麼嗎？……要不要喝點水？」

吉老師搖搖頭。「我……我只需要……躺下。」毛拉扶著他，滑下椅子，躺到地板上，閉起眼睛。

「你，」毛拉對葛雷說：「坐在地板上，身體往前傾，捏住鼻子。用力捏。」葛雷聽從命令，可是覺得還是躺下比較好。

毛拉說：「我去請護士過來。還會拿冰枕，兩個冰枕。」

於是她離開了，留下葛雷和吉老師躺在地板上。

9 道歉

葛雷躺著，一動也不動。即使一邊鼻孔塞住了，他還是聞得到昨晚拖過地板的味道。他看著牆上大掛鐘的秒針，聽著吉老師沈重的呼吸。他的數學老師也躺在地板上，距離他三公尺。

葛雷心想：這下我真的完了，這傢伙會毀了我。接著一個更深處的聲音說：是啊，你活該。葛雷知道，這個聲音說得對。

他說：「吉老師？」

吉老師的聲音很微弱，幾乎聽不到。「嗯？」

「對不起，關於血的事，在看到你這麼不舒服以後。我想毛拉說的對……我太壞心了。對不起。」

吉老師沈默著，然後他說：「我知道這沒有道理，我對……那個……的反應。那只是一種液體嘛……雖然只是一個字，可是看到它、聽到那個字、想到它，我就受不了，每次都這樣。」

葛雷想了一會兒。他說：「我怕的是蛇。」躺在地板上，葛雷顫抖了一下。「我連看牠們的照片都受不了。」

吉老師說：「啊，是啊，照片。我唸國中的時候想要當醫生。我去公立圖書館找到一本醫學書，裡面有照片，從此我再也不想當醫生了。」他深吸一口氣，再慢慢呼出來。「這根本無法解釋。但不管怎樣，我接受你的道歉。」

過了一會兒，吉老師說：「那另外一件事呢？為了那些小書發脾氣的事？你會道歉嗎？」

葛雷沒有說話。

吉老師說：「剛才，我不是說我在辦公室有些事情耽擱了嗎？我是在看你和毛拉的檔案。你們兩個吵架的歷史很長，但我以為我可以幫你們解決這個問題。我以為要求你道歉會有幫助，對你們兩個都有幫助。」

葛雷轉頭看吉老師，身體挪動了一下，免得桌腳擋住視線。老師閉著眼睛，臉色還是很蒼白。葛雷說：「可是你不明白，我是說關於我的漫畫書的事。我整個暑假都在做這個，我要開始一個很大的生意，還會賺很多錢。去上數學課的時候，我一直在想，毛拉會毀了這一切。」

「那……你現在不那麼想了嗎？」吉老師問。

「不太會了，」葛雷說：「我仔細看過她的書。她全部都用手畫，一本一本的畫。」

「你不是一本一本用手畫。」

「不是，」葛雷說：「我先畫一份，然後用影印機印其他的。」

「啊——」吉老師說：「大量製造、規模經濟、增加收益、市場占有，對不對？」

葛雷只聽得懂一半，但是他說：「對。我一小時可以做四、五十本，一本的材料只要兩分錢，一本賣二十五分錢。我還有二十個故事已經想好了。」

吉老師睜開眼睛，轉頭看葛雷。「看吧，談一談很有用，能讓我了解你在想什麼。你為什麼不跟毛拉也談一談呢？」

葛雷聳聳肩膀。「因為她那麼……討人厭。」

吉老師的目光落在葛雷襯衫上的血跡，他立刻轉頭看天花板，然後說：「關於你們兩個一直吵架這件事，我有個理論。你們兩個很像。你們都很頑固，不願意先踏出一步，交個朋友。」

葛雷不知道該說些什麼。他正在思考，毛拉就回教室了，身後跟著校長。

戴文波校長說：「老天爺！這裡看起來像急診室！一個流血，一個昏倒，兩個人面對面的躺在這裡。這種事多久才發生一次啊？如果我們把數學老師治好了，或許他能夠算出這個機率。」她笑了起來。「艾美太太已經回家了，我就是你們的護士囉，不管你們喜不喜歡。」

她先去看葛雷，給了他一個冰枕。「毛拉跟我說，你已經知道怎麼用冰枕了。」

葛雷點點頭，把這藍色的塑膠墊放在鼻子上。

校長把冰枕和毛巾遞給吉老師，然後把椅子拉近，讓吉老師的腳放在上面。「腳要高過頭，這是急救強壯大個子病患的好方法。」戴文波校長又笑了起來。吉老師沒有笑。

校長說：「葛雷，我已經打電話給你媽媽了，她會回家等你。毛拉的媽媽再過五分鐘就會到了，她會載你們兩個回家。」

她轉身面對毛拉。「你幫我去走廊對面的女生廁所拿一些溼紙巾好嗎？我們得幫葛雷擦乾淨，這樣吉諾托波羅老師才能從地板上站起來。或者……我們也可以在這裡等，等到天黑，等看不到那些紅紅的東西以後再走。」她又笑了起來，然後說：「抱歉，開個玩笑。我只是很高興事情沒有更嚴重。」然後她轉身對著吉老師說：「我明天跟大家說這件事，相信其他老師也會覺得很高興。」她又呵呵笑了起來。

葛雷從來沒有聽過戴文波校長說笑話，他根本不知道校長會說笑話。葛雷躺在地板上，心裡想著：明天，吉老師會被其他老師取笑，因為他看到血會昏倒；我也會被同學取笑，因為我被女生揍出一個黑眼圈。

戴文波校長用溼紙巾把葛雷的臉擦乾淨，然後把桌子和地板也擦乾淨。簡直是一團糟，毛拉必須一再跑回廁所去拿更多溼紙巾，校長才擦得完。

「好了，葛雷，起來吧……慢慢的……頭不要動。」戴文波校長扶葛雷起來，坐到椅子上。「坐在這裡不要動。毛拉去校門口等媽媽，我得回辦公室了。吉諾托波羅老師，你還可以撐幾分鐘嗎？還是我得叫救護車？」

葛雷聽得到她一面走開一面還在笑。他低頭看吉老師，問說：「她總是這樣跟老師們開玩笑嗎？她從來不跟學生開玩笑的。」

吉老師虛弱的笑一笑。跟學生討論戴文波校長好像不太好，於是他說：「大部分的老師都有幽默感，包括校長在內。」

葛雷低頭看著自己藍白相間的足球制服，上面沾了血。葛雷心想：有紅色、白色和藍色，真是愛國啊，國旗的顏色都到齊了。他把桌子挪一挪，讓吉老師看不見他的襯衫。然後他想到一個問題。

「吉老師，你會不會有時候還想當醫生呢？像你說的那樣？還是別的工作？我是說不當老師。如果你當了醫生，現在可能就很有錢了。醫生可以賺好多錢喔。你知道愛德・麥納馬拉嗎？他爸爸就是醫生，他們家超有錢的。」

吉老師不想討論他的個人問題。他笑了一下說：「我哥哥是醫生，他並不有錢。」

「真的？」葛雷很意外。「怎麼會？」

「因為他住在愛達荷州，那裡是一個很需要好醫生，可是卻沒什麼錢的地方。」

葛雷說：「那你哥哥為什麼不搬到芝加哥、佛羅里達，或是其他地方呢？」

吉老師聳聳肩膀。「我們沒有討論過，可是我知道他喜歡他住的地方，他也喜歡在那邊的工作。他不是很有錢，可是他的錢夠用。對他而言，夠了就是夠了。」

葛雷說：「我想，有些人是不在乎，可是我要有很多很多錢。我要賺好幾百萬。」

「嗯，」吉老師問：「要這麼多錢做什麼呢？」

「錢？」葛雷看著吉老師，好像在看外星人。「錢要做什麼？買東西啊，到處去旅行，買任何我想要的東西，做任何我想做的事情。錢就是要這樣用。」

吉老師說：「如果你的錢多得花不完，你會想做什麼？」

葛雷聳聳肩說：「任何我想做的事呀。我可以……做任何事。」

吉老師點頭。「好，舉個例子吧。」

「好啊，」葛雷說：「拿我們家現在住的房子來說好了。我們家的房子不夠大，有四個臥室、兩間衛浴、地下室、客廳，是很普通的房子。如果我有很多錢，我要買一棟大房子，有十間臥室、十五間衛浴、兩個游泳池，還要一間很大的家庭娛樂室，裡面有家庭劇院的設備、環繞音效和大喇叭。還要有撞球台或桌上足球這一類的東西。」

吉老師抬起眉毛。「嗯，有意思。」

吉老師說「有意思」的口氣和時間都不太對勁。葛雷感覺到數學老師不同意他說的話，這讓他很不舒服。

葛雷說：「你是說，老師的薪水已經夠多了，你不要更多錢，是嗎？你是說你不想要一個到處有好東西的大房子，不要更多臥室和衛浴間嗎？你是這個意思嗎？」

吉老師微笑了。「我什麼也沒說。不過，我跟你說一個吉諾托波羅廁所定律：大部分的人一次只能用一間廁所。」

兩個人都笑了一會兒之後，教室安靜了下來。

然後吉老師說：「我之前不是說，毛拉抄襲你，你應該覺得驕傲嗎？我並不是在開玩笑。你知道嗎？俗語說：『抄襲是最好的恭維。』我認為，毛拉覺得你……很有意思。」

葛雷做了個鬼臉。「不可能。」

「你知道老師們怎麼知道六年級女生喜歡哪個男生嗎？」

葛雷搖頭，希望吉老師趕快閉嘴。他想用手摀住耳朵，嘴裡唱著歌。他不想知道這些。

吉老師繼續說：「女生如果喜歡一個男生的話，會對他生氣、推他、轉頭不理他，或是對他吐舌頭。總是這樣。」

走廊另一頭傳來戴文波校長的聲音：「葛雷？蕭太太到了。需要幫忙嗎？」

葛雷大聲回答：「不用，我自己來。」他跳起身。他要趕快離開，免得吉老師說出更多令人尷尬的話。他一手抓著衛生紙和冰枕，把東西都整理好。

吉老師說：「可不可以給我一本你的漫畫書？我想仔細看看。」

葛雷說：「當然可以。還在桌上，毛拉的書也在桌上。你可以留著。免費。」他趕快走到門口，但是又停了下來，走回來說：「嗯，吉老師，我真的很抱歉，把你的教室弄得亂七八糟，而且還弄了兩次。」

吉老師說：「啊，第二次道歉，我也接受了。你跟我道歉了兩次。只剩下跟毛拉道歉一次，就不欠任何人了。」

葛雷沒有笑。他心裡在想，我才不要跟她道歉呢，但是他說出口的是：「嗯……明天見了。」

「好，」吉老師說：「二十二小時之後你來上課，我如果還躺在地板上的話，戴文波校長就真的該叫救護車了。」

葛雷走出去的時候，聽到吉老師笑了起來。

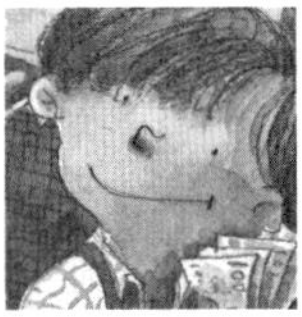

10 陰謀

坐車回家的路上，葛雷一直很安靜，毛拉也很安靜，但是氣氛並不尷尬，因為毛拉的媽媽一直說個不停。

「喔，你這個可憐的小寶貝。讓我看看……喔，好大一塊瘀青！被我們毛拉打的嗎？只是個意外……你知道的，對不對？只是個意外？不像一年級的時候，你故意把毛拉推下溜滑梯，或是那次你往她臉上丟雪球。可是……你這個可憐的小寶貝！一定痛死了。冰枕還夠冰嗎？……很好。你可以往後靠，我們不希望你的鼻子又流血了，不要滴在這輛車上。如果弄髒了車子，蕭先生會賞我們每人一個黑眼圈……我只是在開玩笑啦。可是，還是往後靠吧……再往後靠一點……好孩子。記得嗎？毛拉，我們家的湯米被曲棍球打到的那次？……把他的鼻子像胡蘿蔔一樣打斷了，血喔……啊！你簡直沒辦法相信！我到球場的時候……」

雖然只有五、六分鐘的車程，可是葛雷到家的時候，已經聽了過去十五年來蕭家每一次重要流血事件的細節了。他自己的媽媽看到他的情況可沒太在意。她很快的把他從頭到腳檢查一遍，然後說：「把襯衫拿去泡在冷水裡，去洗個澡。既然我提早回家了，我想就做千層麵當晚餐吧。你覺得怎麼樣？」從他媽媽那裡得到的反應就只是這些。

晚餐時，瘀青在左眼下擴散開來。他哥哥們都想知道細節。

「什麼意思？一個『意外』？」羅斯說：「你從牆上摔下來嗎？還是被棒球打到？到底是怎樣嘛？」

葛雷搖頭。「別人的手啦。」

愛德華說：「有人揍你喔？」

「不是啦，」葛雷說：「不小心碰到的，那女生不是故意的。」

「女生？」羅斯說：「女生揍你喔？太慘了。我是說，如果是男生揍你，你還可以揍回去。可是如果是女生……」

「孩子們。」他們父親的口氣讓這段對話嘎然終止。「我們家沒有人會去『揍』別人。這只是意外，別再說了，可以嗎？」

羅斯和愛德華不再提起這件事，至少要等到晚飯過後再提。

葛雷正坐在桌前計算今天的收入，兩個哥哥跑進他的房間。他們臉上都畫了黑眼圈。羅斯喘著氣，好像剛跑了很久似的。「把我們藏起來，把我們藏起來！我和愛德華，我們剛剛在外面，一群小女生跑過來開始揍我們！好恐怖喔！到處都是女生，到處都是！」然後兩個人倒在地上，樂不可支。

葛雷也想笑，可是不敢。羅斯唸高二，愛德華唸高一。他們只要得到一點點鼓勵，就會瘋到無法收拾的局面。葛雷盡量保持冷靜的說：「很好笑。」然後繼續計算。他總是在做功課之前先記帳。

二十分鐘後，葛雷快讀完社會課的指定閱讀時，媽媽從樓梯口叫他。「葛雷……電話。」他走出來，拿起走廊桌上的無線電話。

是他最不想聽到的聲音。

「葛雷，是我……毛拉。數學課有家庭作業。因為你那時不在教室，所以我想你或許想知道作業是什麼。」

葛雷說：「嗯……好吧。我是說，我本來想打電話問泰德的。」

他心裡想著：「她以為我那麼笨喔？我不做數學功課會死喔？」但是他用還算愉快的聲音說：「那……功課是什麼？」

「第十七頁，練習二，」毛拉說：「所有的偶數題目。如果你弄不懂或是有什麼問題，我可以幫忙……因為你當時不在。」

「不用了，」葛雷說：「我可以自己做，這些都還是復習題。這樣就好。嗯……這樣就好。」

毛拉說：「吉老師說，每個人都要特別注意小數點。他說他會有小考，可能真的會喔。」

「好，」葛雷說：「我是說，我知道了。嗯……很好，這樣就可以了。」

這已經是葛雷跟女生講過最久的電話了，如果不算他的親戚或任何三十歲以上的女性，或兩個條件都有的女性。而且葛雷無法忘記吉老師說的話，他覺得毛拉認為葛雷很有意思。即使現在聊的是很安全的數學功課，葛雷還是很緊張。他要掛電話了。

然後毛拉說：「我又讀了一遍你的漫畫。我的獨角獸故事相形之下真是夠爛的了。我知道你說我的書不算是漫畫，可是我不太懂你在說什麼，可能因為我沒看過很多漫畫吧。湯米有一些漫畫書，可是我從來不看，所以我真的不知道漫畫有什麼不一樣。」

葛雷知道有什麼不一樣。很簡單，好的漫畫就像電影一樣。漫畫書的字就像劇本，每一格圖畫就是一個場景，讓故事慢慢進行，時間還可以加快或放慢，就像電影一樣。

葛雷了解漫畫，他幾乎就要開始向毛拉解釋了。

然後他想起來在電話那一頭的是毛拉，毛拉會抄襲別人，毛拉是偷別人點子的賊，毛拉是他的敵人。

所以葛雷說：「是喔……嗯，我得去讀社會課的指定閱讀了。」他不想太沒禮貌，所以又說：「謝謝你告訴我數學功課是什麼。」

「不客氣。」毛拉說：「那就明天見了。」

葛雷心裡想：「最好不要見到。」但是他說：「嗯，再見。」他掛上電話。

坐在自己的書桌前，葛雷知道毛拉打電話給他的真正原因。不是要幫他捍衛他的數學成績。她打電話來是要刺探有沒有新的點子。她想打敗他，她想領先，想知道怎麼改善她愚蠢的小書，好多賺一點錢。

葛雷心想：想得美咧，笨蛋！如果你以為我會幫你賺錢，那你就錯了。你啊，靠自己吧！

11 紙條

為什麼會叫做黑眼圈呢？葛雷盯著男廁裡的鏡子，看著自己的臉。這是星期五的早上，再三分鐘就要開始上第一節課，他的黑眼圈看起來非常驚人，跟護士阿姨說的一樣。深色的半圓形大部分是紅色加紫紅色，邊緣是土黃色，一直延伸到眉毛。完全沒有黑色。

葛雷前一天晚上已經被哥哥取笑過了，他上校車時，心裡非常清楚學校裡那些男生會有什麼反應。但是沒發生任何事，每次校車停下來，他就到處走動，尋找漫畫書的顧客。大家對他說：「好個黑眼圈！」或是「昨天晚上很難受吧？」還有幾個小孩問他說：「發生什麼事了？」就只是這樣，真是令人高興的意外發展。

可是當他離開廁所去珊柏恩老師的教室時，他還是必須鼓起勇氣。他今天和毛拉只有兩堂一樣的課——數學和第一堂的社會課。上數學課時，沒有人會取笑他，因為吉老師會確保他的安全。但是如果大家發現那是毛拉打的，他的社會課就可能很慘。

上課了，他知道有些同學在小聲說他的事。珊柏恩老師開始點名，葛雷決心不再去想它，反正他不能再想了。在社會課上，做白日夢是一件危險的事。在規定指定閱讀的隔天，珊柏恩老師總是會很快的問大家問題，班級討論的表現佔四分之一的總成績。

珊柏恩老師手裡抱著教師版的《世界文化》開始在教室裡走來走去，她說話速度比腳步還快了一倍。

「『美索布達米亞』是希臘文，指的是什麼意思，愛琳？」

「河和河之間。」

「正確。其中一條河叫做什麼，丹尼爾？」

「底格里斯河。」

「正確。另外那條河叫做什麼，布藍妮？」

「幼發拉底河。」

「對。包括美索布達米亞在內的一個更大的區域，莎蓮娜？」

「肥沃……三角洲。」

「對了一半。正確的名稱是……丹尼斯？」

「肥沃月灣。」

「正確。位在肥沃月灣，但是並不在美索布達米亞的另外一條河，葛雷？」

「尼羅河。」

「正確。」

「和肥沃月灣有關的一個古代文明，卡爾？」

葛雷很高興自己很早就被叫到。他現在可以放輕鬆了，至少要再問過十個問題，珊柏恩老師才可能再叫到他。

就像每個人一樣，葛雷的筆記本打開在桌上。他們都應該記筆記。可是葛雷開始畫畫，克雷昂騎著一隻很像獅身女怪的動物。這隻獅身女怪的臉有點像珊柏恩老師。

從後面丟過來一張折起來的紙條，落在葛雷桌上。他立刻用手蓋住，但是不敢回頭看是誰丟的。珊柏恩老師剛好轉身，正往他這個方向走過來。

「一個現代國家，版圖包括最大一塊美索布達米亞，泰德？」

「伊朗。」

「不對。蘇珊，同樣的問題。」

「伊拉克？」

「正確。在古代的美索布達米亞，當時的建築物最常使用什麼材料，伊尼斯？」

老師走過他身邊了，葛雷很快的打開紙條，在筆記本上攤平。他抓著鉛筆假裝記筆記，然後讀著紙條。

葛雷又讀了一遍。

下課後，我必須給你看一個東西。

——毛拉

又，想不到吧？我**愛**漫畫！

他看過別的小孩傳紙條，可是自己卻從來沒收到過。是啦，紙條是毛拉傳過來的，但是她竟然把「愛」這個字特別加粗來加強語氣。當然，她是在說漫畫，即使如此，還是讓他一時無法消化。

「……陶土的最重要用途，葛雷？」

「嗯……啊……寫字。」

「說得更準確一些。」

「寫楔形文字……在陶板上。」

「正確。美索布達美亞的河流讓當時的人發明了什麼重要的農業技術，亨利？」

好險。珊柏恩老師有看到紙條嗎？如果被她拿到，還唸給全班聽的話……

葛雷用左手把紙條揉成一團，塞進口袋，開始詳細寫下古代文明的筆記。但是，百分之八十的腦袋在想剛剛發生的事。

毛拉……她想跟當我朋友嗎？

答案顯然是肯定的。

但是為什麼呢？……因為她喜歡漫畫？

好奇怪，而且好突然。

如果她真的是想……當我的朋友呢？

這個問題就沒有清楚的答案了。葛雷覺得把毛拉當成討厭鬼、競爭對手，甚至是敵人還比較容易些。

珊柏恩老師的隨堂抽問終於結束，接下來是全班討論時間。葛雷大可以轉過頭來，直視著毛拉，看看她到底在想些什麼。但是他還是一直仔細的記筆記。

珊柏恩老師叫他們開始閱讀指定教材時，他也大可以轉身假裝跟毛拉借個什麼東西。但是他打開課本，把一段又一段老舊的歷史塞進腦海，試著壓抑住自己的好奇心。

葛雷無法專心，他又想起吉老師說的關於毛拉的話。他試著忘記，試著想起自己偉大的出版計畫，試著想這週的銷售成績。他想賣出一百本，他必須達到目標。

但是，第一節課即將結束，下課時間一分一秒的接近，到時他就得走出教室到走廊上。毛拉已經警告過他，她寫說：「我必須給你看一個東西。」她一定會找到他，而他一點辦法也沒有。

珊柏恩老師宣佈下課後，葛雷決定自己能做的只是走出教室，往體育館的方向走，接受即將發生的任何事情，並且試著不要再被揍出一個黑眼圈。

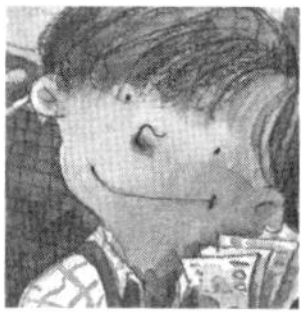

12 表情

離開珊柏恩老師的教室還不到三公尺，毛拉就已經追上他了。

「葛雷，你看我昨晚在圖書館找到的，在我們談過之後。」

葛雷鬆了口氣，那只是一本很大的書。毛拉從背包裡拿出來，塞到他手裡。她很興奮的說：「這本書叫《了解漫畫》，很棒，我昨天晚上就把整本都讀完了，我想我搞懂了。我是說，我搞懂漫畫到底是怎麼回事。你看這個。」她給他兩張紙。

兩張紙上都畫了東西。葛雷知道自己看的是什麼，這是毛拉的小書《迷路的獨角獸》裡拯救公主的那一幕。第一張圖是獨角獸的頭部特寫，露出牙齒、鼻孔撐得大大的、大眼睛裡有怪物塔樓的倒影。接著是遠鏡頭，獨角獸低著頭，衝向塔樓旁邊的大樹。另一張特寫，頭上的角戳進樹幹，還加了音效框呢。毛拉也畫了獨角獸撞樹時，公主在塔樓窗口邊露出的臉；樹往塔樓那邊倒，樹枝裂了，樹葉到處亂飛；公主穿著鞋的腳踏在樹枝上；公主把頭貼在獨角獸的脖子上；獨角獸抬起前腿作勢欲奔，公主騎在牠背上。最後是一張特寫，公主的手抓著獨角獸的鬃毛。

毛拉把原本的兩頁圖畫變成十個格子——漫畫格子。

葛雷震驚到說不出話。無論是格子的大小、圖畫的順序……毛拉全都弄懂了，她懂得漫畫是怎麼一回事。這些雖然只是鉛筆草稿，比例並不完美，但還是畫得很棒、很有力道。再努力一下，如果墨水上得剛剛好，就更棒了，就會很……危險。

毛拉看著他的臉。「你覺得怎麼樣？還可以嗎？」

葛雷試著讓自己面無表情，同時腦子快速轉了起來。

如果告訴她這些畫有多好，那就等於是從柵欄裡放出怪物，會轉過身把自己活活吃掉。因為如果毛拉能夠畫出這樣的畫，她就可以做出很棒的漫畫書，接著就會賣她的漫畫書。這很容易，太容易了，她很快就會發財了。毛拉很聰明，不用多久，她就會搞懂怎麼印刷、怎麼折疊、怎麼裁邊。她現在就站在他面前，她需要他的肯定，甚至協助，並給她一點建議。

葛雷的眼睛盯著這兩張紙。他知道毛拉正在看著他。他皺起眉頭，然後慢慢的搖頭，準備說謊。他從圖畫上抬起頭來。他想告訴她說，這些圖畫很糟糕，她最好還是畫以前那種圖畫書吧，或許也可以跟她說乾脆完全放棄畫畫好了。她必須放棄漫畫事業。

這些想法只花了葛雷一秒鐘。他看著毛拉的眼睛，給她一個哀傷而了解的微笑，然後他說……但是他還沒來得及說出口，因為布藍妮・派克絲頓和愛琳・雷普利衝到毛拉身邊。布藍妮說：「喔，好甜蜜喔！毛拉和葛雷昨天數學課大吵一架，然後社會課時毛拉給葛雷一張紙條，現在葛雷和毛拉在走廊上談戀愛了。」她轉身對愛琳說：「哪一個聽起來比較好聽？是『葛雷和毛拉』，還是『毛拉和葛雷』？我覺得『毛拉和葛雷』比較順耶。這樣很完美吧？」

然後是一陣咯咯竊笑。

通常遇到這種情況，比較有經驗的人會走開，去做自己的事，可是葛雷卻完全慌了手腳。因為從來沒有人說過，就連他的哥哥們也都沒說過他喜歡女孩子，或是有女孩子喜歡他。

除了左眼的黑眼圈以外，葛雷整張臉都紅了。「別蠢了！」他大叫。「別人往我桌上丟紙條，我有什麼辦法？如果她在我臉前塞兩張圖畫，我也沒辦法。這個……垃圾拿去。」他把草稿和書塞進毛拉的手裡說：「離我遠一點！」

愛琳說：「喔……好兇喔……我們乾脆叫他耍大牌葛雷好了，耍大牌葛雷和毛拉。」

又是一陣咯咯笑。

但是這時候耍大牌葛雷已經跑走了，他匆匆的去上下一堂課，試著讓自己遠離現場。

他成功了。體育館遠在學校另一頭。葛雷一到就抓了個籃球，找約翰・艾爾德一對一鬥牛。兩分鐘後，他已經喘氣流汗了。他一直輸，可是那不重要。

重要的是遠離那些女生，遠離那三個女生。遠離愛琳和布藍妮說的話，遠離她們的笑聲。

但是，葛雷無法忘記當他把圖畫塞回毛拉手上時，毛拉臉上那受傷的表情。

帶球上籃時，他心想：「我又沒要她拿那些東西給我看。如果她喜歡那些圖畫，就自己拿去用啊，跟我無關。就像她說的，這是自由國家。」當他轉身跳投籃板球時，他又想：「我並沒有欠她任何人情啊！她又為我做過什麼了，除了偷我的點子和一直惹我心煩以外？」

但是，即使跟自己說了這些話，葛雷還是看得到毛拉臉上的那個表情。

13 禁令

到了第三節課中間，葛雷已經把整件事情拋到腦後，毛拉、愛琳和布藍妮都消失了。體育課的幫助很大。他們在操場上踢了一場很棒的足球賽，他踢左前衛，還兩度射門成功，而且他又賣了七本漫畫。現在，說話課的同學都在辯論《洞》的小說和電影哪個比較好看？生活完全恢復正常。

牆上大掛鐘旁邊的教室對講機響了起來。是校長秘書歐格登太太的聲音。「林鐸老師？」

老師舉起手讓大家安靜。「什麼事？」所有的眼睛都看著對講機，好像有什麼好戲可看的樣子。

「抱歉打擾一下。請葛雷・肯頓到辦公室一趟好嗎？」

林鐸老師向對講機點點頭說：「他馬上去。」然後又對葛雷點了點頭。

當秘書說到他的名字時，葛雷頓時胃部打結，一股震顫從嘴巴直竄到頭皮。但是他不理會心裡的害怕，還是站了起來，走出教室到走廊上。

走廊很空曠、很安靜。他的球鞋在瓷磚上發出嘰嘰嘰的聲音。

葛雷告訴自己，有可能是媽媽留了話，說放學以後要來載我去看牙醫，叫我不要搭校車。

但是葛雷知道他在騙自己，這一定是關於其他的事情。當他轉過最後一個走廊轉角，往辦公室的玻璃窗裡一看，他明白了。毛拉正坐在校長室外的長條木椅上，吉老師坐在另一邊。是關於昨天發生的事，關於數學課的吵架和吼叫，關於他的鼻子被揍了一拳。艾須伍茲小學禁止任何形式的打架，絕對不允許，這跟破壞公物以及偷竊一樣嚴重。戴文波校長對打架的處置非常嚴厲，一向如此。

葛雷走進辦公室，歐格登太太抬頭看到他，指指長條木椅。葛雷過去坐在椅子上。

毛拉沒有轉頭，小聲的說：「都是你害的啦！我從來沒有被叫到校長室過。」

葛雷哼了一聲，也小聲說：「那你就哭啊。我們根本沒有打架。那是意外，我們可以證明。放輕鬆啦，我們只會被罵幾句。」

「或是被退學。」毛拉說。

校長室的門打開了。「吉諾托波羅老師、毛拉、葛雷，請進。請坐。」

她指了指，葛雷和毛拉坐在辦公桌前面的椅子上，吉老師坐在右邊一、兩公尺處。

戴文波校長坐下。「關於昨天的事情，我跟吉老師談過，也跟護士談過了。我了解葛雷的鼻子被打是個意外，我可以不再追究，但是我要你們兩個了解，我對打架這種事情看得有多麼嚴重。我完全不准學校裡有人打架，我也不希望有人生氣的大喊大叫，或是吵架，因為這基本上是同一回事。你們兩個有個壞習慣，總是無法好好相處。你們兩個都需要改掉這個毛病，但是，在你們還無法學會相處之前，我的建議是……不，我的要求是，你們乾脆不要碰面。為了執行這一點，葛雷，從星期一開始，你改上史考利老師的第一節社會課。毛拉，星期一第六節，你去上托羅尼老師的數學課。這樣有任何問題嗎？」

毛拉搖頭。她臉色蒼白，什麼話也不說。她覺得沒有被趕回家已經很好運了，也好險沒有被退學，畢竟，是她揮了那記右勾拳。

葛雷也搖搖頭。他覺得新的課表很好，事實上是太棒了。愈少見到毛拉愈好。

戴文波校長在他們兩人臉上看來看去，然後說：「很好。那就這樣決定了。」

葛雷將手撐在椅子把手上，正準備起身離開。

「至於這件事，」校長邊說邊打開資料夾。她的一隻手舉起一本《獵人重現》，另一隻手則拿著《迷路的獨角獸》。「我昨天下午在吉老師教室看到這兩本書，他跟我說，你們兩個在學校賣這些小書。是不是這樣？我到處都看到這些書，尤其是這一本。」她搖了搖《獵人重現》。

毛拉指著獨角獸漫畫很快的說：「我只做了五本，都送給我朋友了。我只賣了一本。」

戴文波校長說：「葛雷，你呢？」

他比著她另一隻手上的漫畫說：「我從星期一開始賣那一本漫畫，大家都非常喜歡。我在製作一整個系列。你看過嗎？」

戴文波校長看來有點驚訝，她被葛雷的回答以及他的問題嚇了一跳。她遲疑的點了點頭，葛雷又說：「你喜歡那個故事嗎？」

校長擺出嚴肅的表情說：「我們現在並不是在討論你的創作品質。你記得我們六月時在這個辦公室裡的談話嗎？我跟你說過了，我不希望你在學校賣東西。記得嗎？」

葛雷對回答這個問題早就胸有成竹了，可是他沒有直接開口，他舉起手來。他要跟校長說她記錯了，所以或許應該等到校長同意讓他說話再開口比較好。

校長對他點頭以後，葛雷說：「去年六月我賣的是小玩具。你跟我說不可以在學校賣玩具，我就立刻不賣了，就照你說的做。我現在沒有在賣玩具，我是在賣書。」

學生說校長弄錯了，這種事不常發生，也還好不常發生。

戴文波校長的眼光一閃，一個字一個字的慢慢說：「我完全知道你在賣什麼。這是漫畫書。在我看來，漫畫書就是玩具，而且是不良玩具。我才不會把這個叫做書呢。星期一我剛看到這個漫畫書，看到上面有你的名字的時候，就應該把你叫進來，阻止這整件事。你看看現在發生了這麼多問題。」

戴文波校長再度打開資料夾，拿出四、五本小手工漫畫書。她把它們像撲克牌那樣在手上排成扇形，舉起來給大家看。葛雷只看得到部分封面，但是光是看得到的部分就糟透了，畫得很粗糙很難看。其中一本的封面上是個兇惡的大個子拿著一把刀，書名叫做《及時死亡》。另一本書名叫做《克魯敦》，畫了一個流著口水的大怪物咬掉了一個女孩的頭。

大家都仔細看過這些之後，校長說：「因為你的榜樣，大家似乎覺得誰都可以做這些邪惡又暴力的東西來學校賣。」

葛雷再度舉起手，這次，他沒等校長點頭就開始說了：「可是我的漫畫不是那樣。我是說，我的故事裡是有些動作，有時候粗野了一點，可是我沒有要表現暴力。我寫的是歷史故事，是根據真正的石器時代人物寫的，我有從圖書館借書出來參考。」

戴文波校長擺擺手。「我不想討論哪一本漫畫比較糟。我要說的事在六月就已經跟你說過了，這次我會說得更清楚。不要在學校賣東西。不要賣任何東西。學校是用來學習和思考的場所，不是用來買賣東西的地方。吉諾托波羅老師，你有沒有什麼話要補充？」

吉老師沒料到會被問到。「呃……嗯……我本來想說……我覺得你對葛雷和毛拉說的話很重要，就……就這樣。」

戴文波校長起身，其他三個人也同時站起來，好像大家被繩子綁在一起似的。「很好，」校長說：「我們都互相了解了。六年級午餐時，我會對全校宣佈，讓大家都了解。現在，讓我們都回去工作，做好我們真正的工作。今天還是上課的日子。」

會議結束。

在辦公室外的走廊，毛拉向右轉，很快的往自然教室走去。葛雷的說話課在第二十五號教室，他往左轉，和吉老師一起走。兩個人都沒說話。

走到一半，葛雷很想問吉老師一個問題。但是他先忍著不問，因為這個問題似乎問得不太恰當，太過大膽了。可是……他們不是一起倒在沾了血的數學教室地板上嗎？他們不是曾一起討論過金錢、事業和吉諾托波羅廁所定律嗎？這些共同的經驗表示他們有了某種關係，雖然不至於到拜把兄弟的地步，但是……總是存有某種關係，不是嗎？

藉著這一層親近的關係，他希望吉老師不會覺得問題太突兀，於是他鼓起勇氣說：「吉老師，我在想……你真的同意戴文波校長說的話，所有的話嗎？」

吉老師遲疑了半秒鐘，然後點頭說：「戴文波校長說得很有道理。小孩子不應該在學校整天努力賺錢。地點不對。」

「可是她說的關於漫畫書那些話呢？」葛雷問。「關於我的漫畫書？你覺得我的漫畫『邪惡』嗎？或是『暴力』嗎？」

又走了六步，快到二十五號教室前，吉老師才開口回答：「我個人不反對漫畫。以漫畫書而言，我認為你的作品沒問題，事實上是滿好的。不過在學校賣就不太好。戴文波校長是對的。」

葛雷回到說話課的位子上，感覺好了一點。至少，吉老師沒有把克雷昂跟其他漫畫歸為一類。但是現況仍然令人喪氣，他無法在學校賣漫畫了。當然，他還是可以寫故事，還是可以畫畫，還是可以做漫畫書。他甚至還可以找其他方法賣給別人，但是會困難許多，而且看起來毫無意義。因為小孩子都在學校裡，他們才是他的讀者、他的顧客。

在一切都進行順利時，偏偏出了這種事。只要再賣十四本，他就達到第一週賣出一百本漫畫的目標了。

感覺好像鼻子上又被揍了一拳。

14 零的百分之七十五

沒有午休，這是葛雷唯一不喜歡六年級的一點。大家吃完午飯後洗好餐盤，然後坐下來等鐘響。這時不能走來走去，也不能大聲講話。工友波西先生總是在場，他會倚著拖把監視大家。

葛雷覺得這很像老電影裡的監獄用餐時間。波西先生就像是警衛，除非犯人通通被關回牢房，否則他總是不安心。犯人通常下午還可以到操場放放風，但六年級就不行。

葛雷從第三節開始就在想，他決定跟毛拉談談她的畫。社會課之後，他在走廊上雖然沒有對她說謊，但是幾乎就要說謊了。而且他還記得，當他把毛拉的畫粗魯的塞還給她時，她臉上那個受傷的表情。

是的，毛拉很討人厭，而且很愛抄襲。他很高興戴文波校長這樣的安排，讓他以後每天更少看到她。但是，她那麼費心費力的問他對於她的圖畫有什麼看法，她對漫畫表現出的興奮看起來是真心的。那為何不告訴她真話呢？他至少可以做到這一點，反正不會有任何損失，因為現在他也不能在學校賣漫畫了。

葛雷知道，如果他走到毛拉桌邊跟她說話，一定會被一群女生包圍。有這些聽眾在場，他才不要說出想說的話呢。而且，戴文波校長命令過他不可以接近毛拉，所以他現在還不敢就這樣走過去。

於是，他很快的吃完午餐，仔細觀察情勢。當毛拉站起來把餐盤拿到回收區時，葛雷立刻採取行動。時間點必須抓得很完美，他果然做到了，而毛拉也看到他走過來。

有一條短短的隊伍，葛雷排在毛拉後面，看到她的肩膀僵硬起來。他很快的低聲說：「辦公室那個會議還好嘛，你不覺得嗎？我是說不能再賣漫畫是很糟糕啦，但是我們至少沒惹上麻煩，連留校察看都沒有。滿好的，是吧？」

毛拉沒有轉身，沒有點頭，沒有反應。什麼也沒有。

葛雷深吸一口氣說：「喂，我那時候不是那個意思，就是社會課下課，愛琳和布藍妮跑來那時。你也聽到他們說的了，就……」

「就怎樣？」毛拉仍然背對著他，生氣的問。「那些兇惡的女生嚇到你了嗎？你當時可以說：『我們只是在講話。』可是你的反應只會讓事情看起來更糟，而那正是她們的目的。而且，誰會笨到去在乎那兩個傢伙怎麼想？喔……我忘了，你會在乎！」

如果毛拉現在想要找人吵架，她就搞錯對象了。「是喔？」葛雷說：「嗯，你……」

「我怎樣？」毛拉很快的轉身，牛奶盒從餐盤上飛了出去。

葛雷知道可以說些什麼話來好好打擊她一番，可是他不想那樣做。他吸了一口氣。

毛拉又說：「我怎樣啊？」

「你……你說得對，」葛雷說：「我是做了件很蠢的事情。我說的話也很蠢。所以……對不起。」

然後他彎身幫她撿起牛奶盒，連他自己的一起扔進回收桶裡。

「喔……」毛拉說。她很意外他會道歉，也很意外他會幫她撿垃圾。她說：「嗯……謝謝。」然後把她的餐盤放到輸送帶上。

葛雷說：「不客氣。」他也把餐盤放好。

葛雷手上沒東西了，他忽然覺得很尷尬。他好希望他的紅色鉛筆盒在手上。他把手插進口袋說：「那……你不想知道我今天早上在想什麼嗎？關於你的圖畫？在……這一切發生之前？」

毛拉說：「想啊……可是你只能說好的部分。」她轉身往甜點區走去。

葛雷跟上去，他很高興餐廳裡的雜音和談話聲更大了，這些聲音就像是一種掩護。他靠近毛拉說：「如果你只想聽好話，你的圖畫就不會進步。」

她轉過頭來。「所以說有些地方還不錯囉？真的？」

葛雷看著她的臉，想看她是不是說真的。她的眼睛沒有撒謊，毛拉真的不知道自己的畫有多棒。他忽然意識到，這可能是第一次，他不是在吵架的狀況下看著毛拉。

他把臉轉向前，往甜點桌靠近一步，仔細的選擇要說的字，然後他說：「我不想騙你，因為你的畫……嗯，是真的很好。有些人可能是一開始運氣好就畫得比較好，但我覺得你不是這樣。因為……你已經抓到畫漫畫的訣竅了。連每個格子表現的時間點呢，你……你也完全掌握到了。」

葛雷偷看毛拉一下。她的臉頰通常在金髮襯托下更顯得蒼白，但現在都紅透了。她在微笑，而且是那種試著不要笑，但是卻憋不住的笑容。

他說：「我還沒說完，準備好了嗎？」

毛拉把臉轉向他，但是沒有看著他。她點了點頭。

他說：「還是有點問題。你知道比例是什麼吧？繪圖比例？」

毛拉點頭。葛雷說：「那你說說看。」

她說：「就是說一樣東西的大小跟其他東西的大小比較起來要正確。像是說，如果獨角獸看起來比樹還大，比例就錯了。」

葛雷說：「對。所以，你有幾個格子裡的比例不對，但是只有少數幾個。老實說，很驚人，簡直是……了不起。」

毛拉的聲音聽起來有點恐懼，她說：「你該不會……只是隨便說說而已吧？」

葛雷搖頭說：「不是。」然後他說：「我是說，我也不算什麼專家，但是我看過很多漫畫。我覺得你真的畫得很好。真的。」

不用看毛拉的臉，他也感覺得到這幾句話對她的意義。看樣子她真的在乎他的看法。他沒想到自己竟然擁有這樣的影響力，真是恐怖。忽然之間，葛雷覺得自己有責任，他想幫助她。這是種全新的感受。

但是葛雷不讓自己太過興奮。他的生意頭腦開始運作，才一下子工夫，他就想到一個方法，不但可以幫助她，或許還能賺點錢。

「嗯，」他說：「你想不想把你的獨角獸故事變成一本真正的漫畫，然後印出來？或許還可以賣，當然不是在學校啦，還有其他地方可以賣。如果你想這麼做的話，我可以幫你。你的漫畫可以加入〈小胖漫畫〉，如果有賣掉，你就可以靠分紅賺點錢了。你如果還有新的故事，也可以再多做一些賣看看。你覺得如何？」

葛雷覺得這是個好主意，而且很慷慨。

毛拉毫不遲疑的問：「那我可以分到多少錢？」

「收入的百分之四十，但只限於你的漫畫，不包括我的。」葛雷說，他覺得自己真大方。

毛拉搖搖頭說：「百分之七十五。那是我自己的漫畫，而且你不能規定我要寫些什麼故事。」

他們兩個都靠近甜點桌一步。

「百分之五十。」葛雷說。他心裡想，她真是世界上最霸道，最討人厭，最……

「百分之七十五。」毛拉說：「不然我就自己去研究怎麼做。」

毛拉所有的毛病都回到葛雷腦海中，他很想大叫：好啊，你去啊，自己弄啊，你這個愚蠢的頑固傢伙！但是他不想發脾氣，免得讓她有機會得意，況且，他們現在也不能賣很多漫畫了，或許一本都賣不掉。零的百分之七十五……還是等於零。葛雷說：「成交。百分之七十五。可是你得買個冰淇淋夾心餅請我吃。現在就買。」

毛拉往前走，在桌上放了四個二十五分硬幣，伸手到冰箱裡拿了兩個冰淇淋夾心餅，把一個塞到葛雷手中。她直視他的眼睛，露出一點點微笑說：「成交。」

三分鐘後，葛雷坐在他平常坐的餐桌前享受最後幾口黏答答的免費冰淇淋夾心餅，這時擴音器響了。戴文波校長開始說話，整個餐廳都安靜下來。葛雷又想到監獄電影，典獄長要說話了。

「午安，各位同學、各位老師、各位同仁。我很抱歉必須打斷各位上課❹，可是我有一個很重要的事要宣佈。」

「有些學生做了小漫畫書帶到學校來，我看了一些。我們不希望艾須伍茲小學裡有這種東西。我也發現有些學生在學校賣這些小漫畫書給他們的朋友。」

「就算這些漫畫書的內容合宜，也不可以在學校裡賣，更何況事實上不完全是。我們的學區委員會嚴格規定不可以。」

「所以，請注意，從現在開始，請所有學生和老師配合，不可以帶這些小漫畫書來學校，不可以在學校製作這些書，當然絕對不可以在學校販賣。」

「謝謝大家的合作。祝大家下午好好學習。」

葛雷最喜歡冰淇淋夾心餅的部分就是上下層的巧克力餅乾。他從左手拇指上舔掉最後一小口時，心裡想著：就這樣啦，典獄長說話了，〈小胖漫畫〉走入歷史。

忽然間，葛雷覺得意外、驚訝，甚至是被嚇到了。倒不是因為〈小胖漫畫〉被勒令歇業，他其實早就知道會有這麼一天。令他吃驚的是他竟然一點也不在乎。才不過是昨天，他還在對著毛拉大吼

❹ 美國學校的午餐時間多採各年級分批至餐廳用餐的方式，以紓解過多的人潮。因此，葛雷唸的六年級吃飯時，別的年級正在上課。

大叫，準備像克羅馬儂人一樣攻擊她，因為她威脅到他的收入。但是今天，他的整個漫畫事業都被摧毀，他的錢都沒了，而他現在在做什麼？吃冰淇淋。

葛雷心想，我有什麼毛病啊？我應該很生氣才對，我應該正在敲這張桌子大喊：「不公平，不公平，不公平！」

可是葛雷沒機會繼續思考這個問題。上課鐘響了，大家都站起來，波西先生開始發出命令，艾須伍茲小學監獄的犯人們開始走回自己的小房間。

星期五下午上完數學課，葛雷直接衝往美術教室。他需要利用每一分鐘完成他的鐵絲雕塑。毛拉則慢慢離開第二十七號教室，走到門口時，吉老師叫住她：「毛拉，很快的說句話，請過來。」

她轉身穿過其他同學，走過去站在老師桌前。

吉老師慢慢開始說：「我只是想說，我覺得昨天你和葛雷之間發生的事情，有一部分是我的錯。當葛雷開始吼的時候，我應該馬上把他拉到走廊去，其他一切就不會發生，這樣你今天就不會被叫到校長室去，或是被調到別班。對了，調班不是我的主意喔。我想說的是，我很抱歉，是我害你們兩個變成更大的敵人了。」

毛拉搖頭說：「沒關係啦，真的，現在狀況好多了。我是說，葛雷和我還不算是朋友，但是我們要一起合作。我們有個合約什麼的，我要做漫畫書，幫葛雷的公司做。」

吉老師的濃眉揚了起來。「葛雷的公司？呃，這真是……好消息。太好了。」他微笑著，不知道接下來該說些什麼。

「那……」毛拉說：「我可以走了嗎？等一下要上說話課，我不能再遲到了。」

「當然，」吉老師點頭。「去吧。還有……祝你週末愉快。」

「你也是，吉老師。」

毛拉已經走出教室了，吉老師才喊：「如果你們需要意見，我懂得一些經濟學。還有會計……做生意會需要這些。」

毛拉喊回去：「謝謝！」

其實剛才吃午飯的時候，毛拉・蕭也聽到了校長的廣播，和葛雷聽到的一樣。但是對她而言，〈小胖漫畫〉沒死，一切才剛開始呢。她會讓葛雷遵守諾言，幫她把《迷路的獨角獸》變成真正的漫畫，不管他是不是真的想幫忙。

毛拉迫不及待想開始了。

15 上課

每個星期五晚上，葛雷一家都會聚在一起看影片。但是今晚，羅斯和愛德華跟他們高中同學出去了。葛雷可不在乎，這表示他可以挑自己想看的影片。七點半，葛雷一個人霸佔了爸媽、半張沙發、一大碗爆米花、一瓶沙士和一部好看的印地安那瓊斯電影。

電影一開始就很精彩。動作、音樂和音效加在一起，葛雷幾乎沒注意到門鈴響了，也幾乎沒注意到他媽媽去開門。接著媽媽回到客廳說：「葛雷，毛拉找你。」

葛雷的眼睛盯著螢幕說：「什麼？」

她說：「把電影暫停一下。」房間安靜下來之後，她說：「是毛拉・蕭。她在門口。」

「毛拉？」葛雷說：「她要幹嘛？」

他媽媽聳聳肩說：「她只問我你在不在家。」

葛雷很快的喝了一口沙士，從沙發上站起來。

毛拉站在門口。她拿著一個大信封，葛雷還沒開口，她就把信封交給他。「新的畫。我放學以後畫的，你一定要看一看，我才能繼續。快跟我說我畫得怎樣。我知道大小沒有錯，因為就跟你的克雷昂故事裡的圖畫大小一樣。我用的是比較好的美術紙，因為我知道等一下還要上墨水。可是你得告訴我其他的細節。」

毛拉有先問過現在方便嗎？沒有。她有問說可以請你看看嗎？

沒有。她就是站在那裡，點著腳尖，像平常那個霸道的樣子。葛雷討厭冷掉的爆米花，而且他不想對毛拉的畫發表任何意見。

他打開信封，把圖拿出來，想很快看過去就好了。然後他就可以把這個侵略者推出去，繼續看電影。但是毛拉的第一張圖就引起了他的注意。

她畫了封面。這張圖的重點放在那隻獨角獸，長長螺旋狀的角往上穿透了書名上「獨角獸」的字樣，這招不錯。最棒的是，毛拉畫了黑暗的森林，可怕的光禿禿樹枝，遠處還有高塔。圖的右下角樹叢中露出了怪物的臉，怪物睜著大眼睛，張著嘴。

葛雷點頭。「很棒的封面，真的，這個很棒。」他想都沒想就在玄關的地毯上坐了下來，盤起腿，開始看下一張圖，也就是第一頁，畫的是獨角獸發現自己迷路了。小小的一頁從右上角到左下角被分成兩個三角形的格子。上面那格畫著害怕的獨角獸走在森林小徑上，回頭看著。毛拉用一道閃電把兩個格子分開，下面是獨角獸的眼睛特寫，往上看著暴風雨的烏雲，被森林和黑暗圍繞著。

葛雷一面點頭，一面看著第三張圖說：「這張也很好。」毛拉已經知道要怎麼利用每一吋空間了，要在那麼小的紙上畫圖真的是一種挑戰。她用一個大格子讓讀者了解整個景象，再用其他的小格子畫戲劇性的細節特寫。她也把故事精簡成真正的漫畫劇本，對話用鉛筆寫在對話框裡。

「葛雷？」是他爸爸的聲音。「你要我們等你一起看電影嗎？」

「嗯……不用，」葛雷喊著。「那片我已經看過了，現在我得幫忙看一下這個……嗯，看一些圖啦。我們會在遊戲室。我等一下再過去。」

這時候，毛拉的圖畫比《魔宮傳奇》有意思多了。葛雷想要試試幫她上墨水。

「拿去。」他把全部的圖都還給毛拉，往地下室的門指一指。「你先去下面，我得去房間拿些東西。」

三分鐘後，葛雷帶著一籃美術用具到遊戲室。他拉了一張椅子，把桌球桌擺成工作桌。他從信封裡拿出毛拉的封面圖，快速上樓到客廳去，忽視他的爸媽和電影，先影印了兩張來做練習。葛雷回到遊戲室坐下，選了一枝小水彩筆，浸到墨水瓶裡開始實驗。獨角獸是白的，所以他得把附近都塗黑。他很愛用對比明顯的黑色和白色。他放下水彩筆，拿起一枝沾水筆，把薄薄的金屬筆頭放到墨水裡，幫獨角獸的鬃毛加上一些細節。

毛拉走過來站在他身後，伸長脖子看。葛雷不理她。她走到他右邊，一隻手放在桌球桌上，更靠近了點。「嘿！」葛雷說：「別撞到桌子！」

「那我現在要做什麼？」她問。

「隨便做什麼。看電視、回家，就是不要撞到桌子。拿去吧，這張紙，還有這把尺。籃子裡面有鉛筆和橡皮擦。你再畫一些圖好了，你可以坐那邊畫。」

毛拉在電視前的小桌子上把東西擺好。她坐在地毯上，背對沙發，面對葛雷。她把信封裡的紙翻了翻，找到故事大綱，找到她要畫的下一頁。她用尺畫邊線，然後在紙上做了一些記號。她看了看，又全部擦掉。她再試一次，然後停下來又擦掉。她就是沒辦法專心。她知道為什麼，因為坐在葛雷・肯頓家的遊戲室地板上，實在是太奇怪了。

毛拉安靜的起身，躡手躡腳的走到桌球桌旁。她站在葛雷手肘邊，看他用沾水筆畫細細的線。逮到了一個好時機，她說：「忘記告訴你了。我想自己寫那些字。」

葛雷抬頭看她，做了一個鬼臉。「呃……不能用書寫體，不能像你以前寫的那樣，那太難唸了，而且字又那麼小。你的印刷體寫得怎麼樣？」

「開什麼玩笑？」毛拉說：「三年級的雷敦老師，你記得嗎？要她逼我，我才肯寫書寫體呢。我的印刷體寫得好極了。」

葛雷伸手拿一枝寫字用的筆，筆頭像針一樣尖。他打開筆蓋，拿一張畫了線的紙交給毛拉。「拿去，要用這種筆。不能用力往下壓，不然筆頭會被壓壞。寫寫看。」

毛拉寫了幾筆，感覺一下筆尖，然後寫下：

這枝筆不一樣，但是我喜歡。

葛雷看著這句話，點點頭說：「滿好的。」

事實上比他自己的字整齊多了，而且他還練了兩年呢。他說：「可是你得練習再寫小一點。你還需要注意用了幾個字，因為字用得愈少愈好。」

「我知道。」毛拉說。

「喔，你現在是專家了喔？」

「不是啦，」毛拉反擊說：「可是我也不是笨蛋。我真的已經弄懂了，主要是靠圖畫說故事。不要把我當成笨蛋那樣的說話。」

葛雷忍著不回嘴。他指指另外那張桌子說：「到那邊去當你的天才啦！我這邊還想做點事呢。」

接下來的三十分鐘，他們都沒說話，只有沾水筆和鉛筆刮在紙上的細小聲音。

葛雷的媽媽下來想問他們要不要吃些東西，但是走到樓梯一半就停住了，然後又輕輕的走回樓上去。她不想打擾他們。她看到的景象很像是兩個幼稚園的小朋友在美術桌上各忙各的，完全沒注意到另外一個人。

但是，事實並非如此。

沒錯，毛拉正在畫新的草圖，她在自己腦海中的一個安靜的世界裡。但是她很想走過去站在葛雷背後，看他畫出那些清楚的線條，那些簡直是細得無法再細的線條。這個傢伙很有創造力，也很聰明，有時候還算好心，像他之前就在餐廳跟她道過歉。即使他有時又兇又狠，但還是很有趣，像是他要她買冰淇淋才肯成交那次。毛拉必須承認，有時候，葛雷還真有點可愛呢。

葛雷也沒忘記毛拉正坐在三公尺外。每隔幾分鐘，他會抬頭看看她，只是抬頭看看，確定一下她還在不在。她真的很有才華，而且好像什麼事都願意做。當然，她隨時可能抓狂，做一些讓人想掐死她的蠢事。可是只要她沒有想控制全世界，而像現在這樣閉上大嘴巴，坐在那裡對著圖畫紙皺鼻子，其實有毛拉在，也不是件壞事。想想看，一個喜歡漫畫的女生，夠酷吧？

一個小時後，葛雷打破沈默。「好了。兩頁，加上封面都塗了墨水。你有畫好的東西了嗎？」

毛拉點點頭，僵硬的站起來。「兩頁。」她走過來，把圖畫放在桌球桌上。

葛雷起身，把毛拉剛畫好的鉛筆草圖拿近一點。他把自己畫好的墨水畫攤開給毛拉看。然後，他們兩個彎著身子，看彼此的畫。他們都很喜歡這些圖畫，但是沒有人大聲的稱讚對方。

「嗯，這些不錯。」葛雷說。

毛拉點頭說：「你的也不錯。」

電話響了。毛拉說：「跟你打賭是我媽打的。」

果然是。毛拉必須回家了。

「拿去吧，」葛雷說：「把這些拿回家去寫好字。我的筆可以先借你用。」

毛拉點頭，葛雷坐下繼續工作。

她說：「我明天再拿一些畫過來。」

葛雷聳聳肩說：「隨便。」然後他想了一秒鐘又說：「可是要等到兩點鐘以後。」他答應在中午之前洗好詹森家的兩輛車，還有家裡的家務事要做。而且，下午兩點以後，兩個哥哥大概就不在家了。能躲開他們總是好事。

毛拉把東西收好就離開了。葛雷沒有陪她走到前門，甚至沒有說再見。他太忙了。

葛雷在桌球桌前又待了將近一小時。在上樓跟爸媽說晚安前，他已經又幫兩張圖上了墨水。

躺在床上，看著街燈和樹枝在天花板上照出的花紋，葛雷想著這個晚上。幫毛拉的圖上墨，和畫他自己的圖感覺很不一樣。他覺得好像必須更加小心，小心不能放進太多自己的意思，小心不要改變她的畫畫風格。但他必須承認，結果很棒。

可是當他逐漸進入夢鄉時，有件事情他無法承認。承認這件事情太危險了。葛雷無法承認的是，他好像幾乎可能有一點點高興毛拉來了。而她還會再來，來畫她的漫畫，在星期六下午兩點。

16 藝術與金錢

星期六下午還不到兩點，葛雷就開始留意毛拉來了沒。十分鐘後毛拉到了，她還沒按門鈴，葛雷就把門打開了。愛德華已經出門，而羅斯還在樓上。羅斯已經做好分內的家務事，回房睡覺了。葛雷知道最好不要吵醒正在睡覺的哥哥，這樣才不會被取笑說有女生來找他。其實也沒什麼好取笑的，因為毛拉只是過來工作而已。

毛拉已經完成了封面，還有星期五晚上她離開前葛雷上好墨水的那幾頁。她也畫了其他部分的鉛筆草稿，只剩下三頁還沒畫。

毛拉跟著葛雷下樓去遊戲室，他們在老位置坐下。葛雷沾了墨水，毛拉削尖鉛筆，兩個人立刻開始工作。這完全是公事，完全不聊天，兩小時內他們幾乎不發一語。

墨水上得很順利。到了四點半，葛雷又畫好五頁，毛拉完成了最後三頁的草圖，開始寫字。葛雷非常驚訝的發現，有人幫忙時，事情進行得有多快。遊戲室就像一個小型漫畫工廠一樣。

剛過五點，毛拉就離開了，她必須回家吃晚飯。但是她把所有上好墨水的圖都拿走，還答應把字都寫好，星期天再拿回來。

一個人坐在桌球桌前畫圖一點也不好玩，但是吃完晚飯以後，葛雷還是去了遊戲室。他一直工作，又完成了三頁，然後才讓自己看電視休息。

星期天吃過午飯以後，毛拉來了，她對自己的表現極為滿意。

「看到沒？你昨天上墨水的圖都寫好字了。」

「別忘了還有我昨天晚上畫的這三張。」葛雷說：「所以呢，再去工作吧，你這個懶惰鬼。」

「是啦是啦。」毛拉坐下，葛雷也坐下。毛拉轉開寫字筆的筆蓋說：「我敢打賭，我會比你先做完。」

葛雷哼了一聲：「我打賭你做不完。」

「賭什麼？」毛拉說。

「一個冰淇淋夾心餅。」

毛拉笑著說：「好，一言為定。」他們兩個都彎身工作。

兩分鐘後，毛拉忽然抬頭說：「嘿！不公平！我沒辦法先做完啊。我得等你上了墨水之後才能寫字耶！」

葛雷點頭微笑說：「你靠自己就想通了喔？這樣很好啊，你應該慶幸我沒有跟你賭二十塊錢。」

葛雷把最後一張圖交給毛拉寫字時，已經快三點了。這張圖是這本漫畫的封底，設計成相框的樣子，中間會有出版資訊。十五分鐘後，字都寫好了。

「好了，現在我們要把每一張圖剪成印好的漫畫書大小。」葛雷從工具箱裡拿出兩把剪刀，遞給毛拉一把。「沿著鉛筆線剪，要很小心喔。」

十分鐘之後，十六張小小的圖照順序攤在桌球桌上，從封面排到封底。

「現在我們要把圖畫貼在兩張原稿大樣的正確位置上，每張大樣上有八張圖。我用口紅膠貼。貼好後會有些圖看起來是顛倒的，頁數也好像沒照順序，但是等一下把紙摺好後就不會了。」

毛拉點頭，張大了眼睛看著他的每一個步驟。

兩張大樣都貼好後，葛雷說：「該去影印了，帶著你的剪刀。」

毛拉跟著他上樓。

葛雷再度希望羅斯和愛德華都不在家，結果只有一半的願望成真。羅斯躺在客廳沙發上半睡半醒，電視上播放著克林伊斯威特的電影。桌上有一罐薑汁汽水和一包吃光光的洋芋片。他張開一隻眼睛，看到了毛拉，然後又看著葛雷眨眨眼睛說：「嘿，小傢伙……你的女朋友來啦。」

葛雷很想發脾氣，就像星期五早上在學校對愛琳和布藍妮發飆那樣，但是這次他沒有被激怒。他說：「我們只是要影印圖畫。我們在合作一個計畫。等一下會有點吵，但是沒辦法。」

羅斯從沙發上起來，關掉電視，打個嗝，模模糊糊的向著毛拉的方向說：「失陪了。」然後就去找個安靜的地方，再浪費一、兩個小時。

葛雷說：「我用的這種紙，品質很好、很白，又不會太厚，所以比較好摺。」

他把第一張原稿大樣翻過來放在影印機上，按下「影印」鍵，然後拿起影印出來的那張給毛拉看。他指著一個灰色區域說：「看到了嗎？我可以改變設定，讓這裡黑一點，這裡應該要是全黑的。除了這一點之外都很好。」葛雷改變設定時，機器發出嗶嗶聲，然後他按下「影印」鍵。

他再度舉起印出來的紙。「你覺得還可以嗎？」

毛拉點點頭。

「好。」葛雷說：「現在我們再印十四張。」機器開始工作，他說：「這會花上幾分鐘。你要不要吃點東西？還是喝些什麼？」

毛拉搖搖頭，看著機器吐出一頁又一頁的圖。

都印好之後，葛雷說：「下一步比較難。我們必須把第一張原稿大樣拿出來，把第二張放上去……像這樣。還要確定它的方向正確。我第一次做的時候一直搞不定這一步。」

葛雷拿起全部十五張影印圖，轉過來，空白的一面向上，放回影印機的送紙匣。「現在我們要在反面印第二張原稿大樣了。」他按下「影印」鍵說：「先試一張，確定沒放錯再說。」他等著，直到第一張印了出來。毛拉從他肩膀上面看著。

「都夠黑嗎？」他問。

毛拉說：「嗯，看起來很好。」

「那你看喔。」

葛雷沿著長邊把紙折成兩半，然後從一頭到另一頭摺一半，再對半摺一次，讓每一個摺痕都整整齊齊、壓得平平的。他拿起釘書機，沿著中間摺好的地方釘了兩個針。毛拉看著，好像小孩子在看魔術師表演似的。

葛雷說：「請給我剪刀。」毛拉遞給他。他忍不住讓剪刀像魔術棒那樣在空中揮舞兩下。「現在，最後一個步驟。」

葛雷做過幾百次了，他又快又有技巧的剪掉上面、旁邊和底下的邊。

然後，他拿給毛拉說：「好了……你第一冊漫畫的第一本。」

毛拉從他手上接過去，好像在拿一顆寶石一樣小心。她坐在桌前椅子的邊緣，盯著封面看，然後打開書，慢慢的讀第一頁。她完全專注在書上，看著每一張圖，把故事、圖畫、每一個細節都吸收進腦子。

葛雷完全被她遺忘了，但他並不在意。他按下影印鍵，讓機器印完剩下的十四張。趁著機器嗡嗡作響時，葛雷靠在沙發椅背上看著毛拉閱讀。

他記不得任何像這樣的時刻。他知道自己從來沒有坐在那裡認真看過任何人的臉整整一分鐘，然後又整整一分鐘。

當他看著毛拉的臉，看到這本書對她的意義時，葛雷想試著找出一個字來形容他的感覺。因為他真的感覺到了什麼。

這整件事情很好玩，但是好玩不是最貼切的形容，那感覺比好玩多更多。是因為毛拉得到的經驗，也就是他看到的這一幕嗎？有意思的是，他知道自己有很大的功勞。星期五，毛拉在餐廳兇過他之後，他大可以走開，讓她自己去把圖畫和故事試做出來。但是他沒有這麼做。毛拉現在的美妙經驗，就像是一個禮物，他送給她的禮物，用真心給予的禮物。

毛拉讀完後，抬頭看著葛雷，她笑笑說：「抱歉，我剛剛呆掉了。可是這個……這真的很棒，你不覺得嗎？」然後微笑著。

這一刻，葛雷覺得毛拉的微笑至少值一百萬美金。

但這個想法令他非常尷尬，他點點頭說：「是啊……是很棒。」

他很快的摺好、釘好、剪好第二本《迷路的獨角獸》。現在輪到他來讀了。

這是一本真正的小漫畫書。葛雷忍不住說：「我一定得想想怎麼賣這本書，我會賺一大堆錢！」

毛拉瞇起眼睛說：「更正，你應該說：『我們會賺一大堆錢。』是『我們』。」

葛雷被毛拉的口氣惹火了。事實上，只有一點點被惹火啦。他笑了起來，點頭說：「抱歉！壞習慣，是『我們』。」

毛拉微笑說：「這樣好多了。」

毛拉繼續看她的漫畫書，說：「可是說真的，我不在乎賺錢。」

葛雷看著毛拉，好像她的腦袋剛剛掉到地板上了。「你不在乎錢？喔，是喔，我才不相信呢。」

「是真的啊。」毛拉抬起下巴說：「你可能無法理解。我是個藝術家，我只是要做出很棒的漫畫書。」

「還要賣，」葛雷說：「還要賺錢。」

毛拉哼了一聲。「比起來，錢比較不重要。如果我的畫和故事不夠好，大家就不會想看這些漫畫，當然就沒有人會付錢買它們。所以對我來說，最重要的是作品要夠好。」

葛雷點頭。「對，然後就會賺錢。」

「不，」毛拉堅持。「然後就會很棒。因為即使我沒有賺到一毛錢，我的漫畫書還是很棒。這才是我真正在乎的。」

葛雷想了一下，說：「你是說，你做那些隔熱墊的時候，難道不想賺錢嗎？」

毛拉搖了搖頭。「那次不一樣。」

葛雷笑著說：「喔，我懂了。你有時候想賺錢，有時候你只是想做隔熱墊，因為它們很漂亮。」

毛拉瞪著他說：「如果你一定要知道原因的話，其實我做那些隔熱墊是因為你說我沒腦袋，我要讓你閉嘴。我知道我隨時可以賺得跟你一樣多，甚至更多。更何況，那些隔熱墊真的很漂亮，我也的確賺了很多錢，可是卻沒能讓你從此閉嘴。這是唯一不如預期的部分啦。」

葛雷繼續進攻。「可是那天在餐廳，我說我們可以一起做你的漫畫書賣的時候，是你在跟我吵。你一直吵，直到我肯給你百分之七十五的收入。承認吧，你的確是在替自己爭取更多的錢。」

「才不是呢，」毛拉說：「我只是不希望你認為你可以為所欲為。因為你不應該這麼做，至少對我不行。如果我的漫畫賺了錢，那我就應該拿到屬於我的那一份。但這並不表示我真的那麼想賺錢，我可不像某些人那樣。」

葛雷說：「我才不在乎你或吉老師怎麼想，因為他跟你一樣。大家都擺出一付不應該賺錢的樣子，真是不幸。我就是要賺錢，要賺很多很多錢，愈多愈好。如果你或任何人想假裝錢不重要，那很好啊，因為這表示我可以有更多錢賺啦。」

接下來的三分鐘，他們兩人安靜的摺紙、裁切、裝釘。然後葛雷伸手拿起毛拉做好的一疊漫畫，一本一本的翻閱。「這本可以。這本也可以。糟糕……你看，這一本切不整齊。這一本釘得不好、摺得也不好。五本裡有三本退件。你需要再上一課嗎？」

毛拉兇巴巴的說：「那些給我。」她看著被葛雷挑出毛病的漫畫書，然後說：「你在說什麼？這兩本可以啊。我可以把釘書針拔出來，重釘一次，大家還是會買的，我相信他們會買。」

葛雷搖頭。「不行，太粗糙了。〈小胖漫畫〉一定要很完美，至少要比這三本好很多才行。」

毛拉看似悔悟的點點頭，然後忽然得意的笑了起來。「哈哈，逮到你了！」

「什麼？」葛雷說。

「你很在乎你的漫畫夠不夠好。你不管大家是不是會買這些漫畫，可是它們一定要夠好，你剛剛就是這麼說的。」

「那又怎樣？」葛雷說。

「所以你同意我說的話啦，就是這樣。你不只是為了錢，對不對？」然後，毛拉微笑著，對他眨眨眼睛。

「夠了，」葛雷說：「不要再說話了。先做完那一堆可以嗎？要仔細一點喔，然後你就可以回去了。」

「是，長官。」毛拉說。她舉起手做了個女童軍敬禮的動作。「我發誓會讓每一本〈小胖漫畫〉都盡量完美。」

「最好是喔。」葛雷說，他努力裝酷，但這可不容易。他伸手從影印機拿出最後幾張印好的紙時，對著牆壁笑了出來，但是又立刻恢復了嚴肅的表情，因為有一張印得不夠黑。

他調整了影印機，再印一張。他心裡不得不承認毛拉說得對。不只是為了錢，並不是每次都是為了錢。只是大部分的時候是。

17 銷售

星期天晚上，毛拉從葛雷那裡拿了八本她的新漫畫回家。她送媽媽一本、爸爸一本、哥哥湯米一本。大家讀了都印象深刻。

「毛拉！」她媽媽說：「真是太驚人了！當然，我一直都知道你有繪畫的天分，但是這本小書實在是太棒了，就跟童話故事一樣。我好愛獨角獸，你呢？我是說，你當然喜歡嘛，這不就是一本獨角獸的故事書嗎？看看這是誰做的書啊？就是你啊！我的毛拉是作家了！這真是……棒透了！」

毛拉也這麼認為，這就是為什麼她會在其中一本簽上名，放在背包口袋裡。星期一早上，她去找最要好的朋友艾莉森一起搭校車時，把這一本送給了她。艾莉森一屁股坐在前廊階梯上讀了起來，讀完之後，她說：「好好看喔！」

毛拉開心的說：「謝謝。」校車從街角開過來，毛拉說：「你最好把它留在家裡，或是塞在信箱裡。」

但是艾莉森說：「沒關係啦！我不會給別人看，我發誓。」她把書夾在社會課本的書套裡，然後兩個人一起跑去搭車。

在艾莉森讀漫畫的時候，毛拉看著艾莉森的臉。坐在校車上，她開始數有多少個小孩。到了學校時，校車上一共有四十七個小孩。她發現自己的思考開始有點像葛雷了。她很有把握校車上的每一個小孩，不管男女，都會買一本她的漫畫。她可以輕易的成為一個大家都認識的藝術家、作家。可惜校長不准。

像平常一樣，戴文波校長很有效率。她準備了一張公告，內容跟星期五的廣播一樣，不過她寫得比較短，只說重點，而且用很大的字印出來。到了星期一早上，艾須伍茲學校的每個走廊、教室和佈告欄上都貼了一張。

【公　告】

本校有些學生製作了小漫畫書在學校裡面販售，這是學校禁止的行為。至於在學校裡面什麼可以賣或什麼不能賣，學區委員會都有嚴格的規定。

從現在開始，這些小漫畫書不可以帶到學校、不可以在學校製

作、也不可以在學校販售。

謝謝各位的合作。

戴文波校長

上社會課時，毛拉盯著告示看。她讀了一遍又一遍，其中有一句話引起了她的注意：學校裡面什麼可以賣或什麼不能賣，學區委員會都有嚴格的規定。

「什麼可以賣或什麼不能賣。」這表示說，有些東西可以在學校販賣，有些不行，而這是由學區委員會來決定。有意思。

毛拉開始在腦子裡想像跟學區委員會辯論的情境，想像著她會跟那些人說些什麼。因為，說真的，賣他們的小漫畫有什麼不對？沒什麼不對啊，至少她看不出有哪裡不好。她的小漫畫書根本沒有問題，葛雷的也是。

坐在珊柏恩老師的課堂上，毛拉心裡正想著這些，她剛好瞄到旁邊布藍妮的社會課本封面。其實她看不到課本《世界文化》真正的封面，因為開學的第一天，珊柏恩老師就叫大家把新課本用書套包起來。珊柏恩老師發給大家光滑的書套，上面印著一些穿著耐吉球鞋、耐吉運動衫、運動褲、帽子和暖身夾克的高中運動明星。毛拉意識到，課堂裡的每一本社會課本都在試著賣東西給她們。她心裡猜想，是學區委員會決定這個可以賣。

過了幾節是體育課，毛拉看到牆上一張海報在幫足球隊和籃球隊募款買新制服。這不是同學們自己設計的海報，而是糖果公司提供的，是一張很大、色彩很明亮、印刷又精美的海報。所以說，也是有人決定了學校裡可以賣糖果囉。

體育課在戶外上，毛拉仔細看了一下足球場的新計分板。板子上漆成紅色和白色，畫著可口可樂。體育館入口大門旁有一個黑藍相間的機器賣著一瓶瓶的運動飲料。午餐時，餐廳牆上的布條在賣披薩，因為當天餐廳裡賣的就是達美樂披薩。在餐廳的角落，還有冷飲機在賣冰涼的果汁。

毛拉看到這些，她開始思考，而在第七堂說話課時又發生了一件事，讓毛拉興奮不已。放學時，毛拉在走廊看到葛雷，跑過去抓住他的手臂，脫口而出：「你剛才上說話課時，林鐸老師有沒有發什麼東西給你們？」

葛雷看著毛拉，好像她才剛從動物園逃出來一樣。他搖搖頭，毛拉說：「沒有嗎？你看，在最後一堂課，珮爾漢老師發給我們這個，全班都有拿到。你看！」

葛雷把這幾張紙接了過去。他看了封面，又翻過來看看封底，然後翻到第二頁說：「嗯……怎樣？」

毛拉看著他，很受不了的說：「怎樣？你看不出來嗎？想一想戴文波校長說的話。那些關於在學校賣東西，還有關於我們賣漫畫的話。你再仔細看看。」

葛雷再看一遍，而這次他發現了。

他手上拿的是學校閱讀俱樂部的宣傳單，是足足有八頁、彩色印刷的廣告紙。這些廣告賣的是書，超過七十五本不同的書，有經典名著、紐伯瑞得獎作品，也有加菲貓、X戰警、史酷比、凱文和幻虎，還有魔術書、教人畫畫的書，有些書甚至附贈了玩具，像是掛著小玩意兒的鑰匙圈或項鍊之類的小東西。

從一年級開始，葛雷每個月都會收到這種閱讀俱樂部的廣告單。而每個月，老師們都會發這些廣告單給學生訂購，然後老師再幫忙收錢。

而這些買賣都是在哪裡發生的呢？就在學校。

18 複雜

就在毛拉給葛雷看閱讀俱樂部廣告之後的三分鐘，他們衝進吉老師教室裡。毛拉說：「吉老師！我們必須問你一件事情。」

吉老師嚇了一跳，從正在批改的小考考卷上抬起頭來。「喔，好啊。是數學問題嗎？」他滿懷希望的問。

葛雷搖搖頭。「你看。」他把廣告放在老師桌上，指著加菲貓的漫畫。「為什麼學生可以在學校買這種書，可是我們卻不可以賣我們的迷你小漫畫書？」

吉老師拿起廣告單翻閱。「嗯。」他曾在辦公室的教師信箱旁看過這些廣告單，可是那都只發給閱讀課或語文課的老師，從來沒給過他。「很有意思。」

「怎麼樣？」毛拉說：「閱讀俱樂部有得到學區委員會的特殊許可嗎？還是怎樣？」

吉老師點點頭。「我想他們一定有。」

毛拉說：「不公平！我們的漫畫跟這些書沒什麼不同，他們卻可以在學校賣。你看，你看看這個。」毛拉跟艾莉森借回那本新的《迷路的獨角獸》，交給吉老師。「葛雷和我這個週末做的。我知道不可以帶來學校，可是這本整天都被藏了起來。我只是想讓你看看，因為這本書很好，一點也不暴力。」

吉老師開始翻閱。畫得非常好，尤其是以學生作品來說。他想到戴文波校長，趕緊往教室門口瞄了一眼，然後很快的把剩下的幾頁翻完。毛拉說得對，比起許多經典的童話故事，這本漫畫的暴力程度還算少的呢。吉老師看到封底的作者資料，知道這兩個宿敵顯然已經開始合作了。

吉老師微笑點頭表示讚許，毛拉立刻說：「我們也想要特別許可，就像閱讀俱樂部。我要賣我們的漫畫。我們該跟誰接觸呢？」

吉老師看看毛拉，再看看葛雷。他看得出來，別想要勸他們打消念頭，但他深深的吸了一口氣，還是決定試一試。「嗯，學區委員會每個月開一次會，可是每個學校的校長一定會出席會議。你們也知道戴文波校長對漫畫書的看法了。」他把漫畫還給毛拉。「請把它收好。」

「可是這些漫畫呢？」葛雷說，指著廣告。「她讓大家可以在學校裡買這些漫畫。這樣不公平。」

吉老師點頭。「我不是說你們不對，我只是要跟你們說，你們的要求……嗯……這件事情很複雜。」

吉老師從桌上的文件盒裡拿出五、六張紙翻了翻，然後說：「這個星期四晚上七點半，學區委員會在市政府大樓開會。我想，如果你們要去跟他們談談，應該是沒問題。不過……這件事情真的很複雜。」

葛雷搖搖頭。「你總是一直說複雜、複雜，為什麼？我們只是要求跟閱讀俱樂部一樣的待遇啊。這有什麼複雜？」

「嗯，」吉老師說：「首先，這些閱讀俱樂部都是大公司，我知道他們會請老師、圖書館員和閱讀專家幫他們挑選書籍。它們的廣告後面還有寫說，如果老師幫學生訂書的話，他們會送老師免費的書在班上使用。所以，閱讀俱樂部對老師是有幫助的。況且，他們也幫助小孩子學習，讓他們對閱讀和書本產生興趣，而你們只是兩個想要賣漫畫書賺錢的小孩子。」

葛雷說：「可是閱讀俱樂部不也是在賺錢嗎？」

吉老師點頭說：「我相信他們有賺錢。」

「所以啊，還是沒什麼不一樣嘛。」葛雷說：「我們也可以送老師免費的漫畫，這個沒問題。」毛拉說：「對啊，而且……而且我們甚至會把一部分的收入捐給學校的圖書館基金，收入的百分之十，可以讓學校買新書。」

「什麼？」葛雷說。這個女生在白白送錢出去，而且送的是他賺的錢。

毛拉沒理他。「吉老師，你認為如何？你認為我們有成功的機會嗎？」

「嗯……或許吧。」他說。

「太棒了！」毛拉說：「我有跟葛雷說過，你上星期五說會幫助我們和我們的生意，這真是太棒了。那我們第一步要做什麼？」

吉老師用力的倒吸一口氣：「喔……你是說……呃……我不覺得我可以……我是說……」吉老師看看毛拉，看看葛雷，再看回毛拉的臉。他看得出來，自己絕對躲不掉。

他決定先拖延一下時間。「嗯，我猜……首先，我最好仔細想一想，我們都應該再仔細想一想。你們兩個應該回家跟爸媽談談這件事，讓他們知道你們打算做些什麼。我們都先暫停一下，然後再做討論，比較一下我們收集到的情報。如何？」

毛拉做了個鬼臉。「聽起來好慢喔。學區委員會星期四就要開會了。我們明天就要見面討論，在上課之前。七點半好了。」

葛雷點頭。「上課之前。可以嗎，吉老師？明天見囉。」

兩個孩子都轉身跑了，葛雷去足球隊練習，毛拉去趕校車。

吉老師坐在桌前，覺得自己被好幾輛車子壓過似的。他試著想想兩分鐘之前他在做什麼。喔，對了，改小考考卷。他拿起紅筆。

可是吉老師無法專心，即使是第二十七號教室的秩序和安靜也幫不了他。現在的確是很有秩序，可是他有個不祥的預感，一種暴風雨來臨前的感覺。

19 計畫

星期二早上，吉老師坐在教室，偷偷的希望葛雷和毛拉不會出現，希望他們的計畫出了問題。可能是誰的爸爸或媽媽說不行，或是他們忽然想通了，又或者是校車的輪胎漏氣，任何事情都好。

七點半一到，毛拉準時走進數學教室。「嗨，吉老師。」她找個位子坐下來，開始在背包裡找東西。她拿出一枝鉛筆和一本全新的筆記本。她打開筆記本第一頁，小心的寫下日期和時間，然後抬頭看著吉老師說：「我要做會議記錄。我們的會議。」

一分鐘後，葛雷走進來。毛拉看看他說：「你遲到了。生意人不可以遲到。」她轉身在筆記本裡寫了些東西。

葛雷對著她的後腦勺扮個鬼臉，然後轉身面對吉老師說：「我們第一件事要做什麼？」

吉老師說：「首先，我要知道你們家長怎麼說。」

葛雷說：「我爸媽說沒問題，我們可以跟學區委員會談談。他們會去參加會議，至少我爸一定會去，我媽會試著取消星期四原本的會議。他們兩個都覺得這樣很好，尤其是在我給他們看了閱讀俱樂部的廣告以後。」

毛拉點頭同意。「我爸媽也說沒問題，不過我媽媽比較贊成就是了。我爸覺得這整件事情有點瘋狂，但是他們兩個都很謝謝你的幫忙。他們兩個也都會去參加會議。」

吉老師深吸一口氣，然後慢慢吐氣。現在真的是逃不掉了，他覺得自己無路可退。他真的想幫這兩個孩子，他不覺得他們有錯，不論是他們的漫畫書，或是他們想讓同學讀到他們的作品這件事，即使賺點錢也沒關係。可是他知道，很快的，他就得面對校長。

吉老師大半輩子都在小心避免爭論或吵架。從小學開始，一直到中學、大學、研究所，他總是躲開任何有爭議的場合。因為任何可能發生吼叫的情況都很容易演變成推打，或是各種不愉快的場面，甚至還會流血。

像現在這個狀況就很麻煩。他當然不覺得戴文波校長會把他抓過去揍一拳或什麼的，但是一想到要面對她，要跟她解釋自己為什麼會被牽扯進來，他的手心就開始冒汗。

吉老師想到了一個好主意，一個脫身的方法。他說：「嗯，我必須立刻打電話給督學辦公室，問他們星期四的會議還可不可以增加一個提案。我們可能需要等一個月，因為我們太晚申請了。」

「也可能不算太晚，」毛拉說：「不管怎麼樣，我覺得我們還是應該先開始準備。」

葛雷同意。「對啊，比如說我們需要計畫好要說些什麼，還有誰說哪個部分。因為我們必須看起來像知道自己在做什麼，不然的話，我敢打賭他們根本不會想聽我們說。」

「那我覺得我應該先發言。」毛拉說：「因為我完全知道我們要的是什麼。」

葛雷哼了一聲。「你？為什麼是你？我也知道我們要什麼。整件事情是我的主意，記得嗎？我應該先發言。」

「你的主意？」毛拉說：「是我先看到閱讀俱樂部的廣告耶。

我拿給你看的時候，你看不出問題，還需要我跟你解釋。所以不要一付好像都是你的主意似的。」

「喔，是啦，」葛雷說：「每個人都知道你是個大……」

「碰！」吉老師右手重重的拍了桌子一下。「夠了！我還以為你們兩個不會再吵了呢。如果你們兩個還要吵，現在就馬上離開，兩個都離開。」

沈默了幾秒鐘，葛雷說：「對不起。我是說，如果大家都同意毛拉第一個發言，我就沒問題。」

毛拉說：「不，沒關係。我其實不需要第一個發言。我剛剛那樣說很蠢。」

葛雷心裡想，是啊，非常蠢，但是他的眼睛看著吉老師的臉。他知道，如果數學老師不肯幫忙，這個主意根本行不通。

吉老師很高興看到他們立刻改變態度，也很高興自己態度這麼強硬，於是他自願擔任了這個小小會議的主席。接下來的二十五分鐘，他們友善活潑的交換意見，而毛拉則瘋狂的記著筆記。

事實上，吉老師覺得很棒。他剛剛拍桌子的手還在隱隱作痛，但是他們討論出來的初步計畫看起來並不算瘋狂、危險，或無望。很奇怪的是，這一切看起來非常合理。

上課鈴響了，毛拉相信，或許她可以讓全校每個同學都有機會讀到她的故事，看到她的圖畫。吉老師相信這個既清楚又幾乎符合數學邏輯的提案，可能真的可以說服學區委員會，讓他們同意這個好主意。葛雷則相信，或許，只是或許，〈小胖漫畫〉真的可以幫他賺到一大筆錢。

20 議程

星期三中午十二點半左右，吉老師正在準備課程。他在黑板上寫著一道一道的方程式，給下一堂課的學生每人出一題。

戴文波校長出現在第二十七號教室門口說：「如果你能抽出一分鐘時間，我希望你跟我解釋一件事情。」

吉老師認得那個聲音。他轉身看到校長揮著一張藍色的紙。

「當然……那是什麼？」他問。

她走進教室幾步。「這是明天晚上學區會議的議程表。新事務討論的那一欄列了一項是：學生和指導教師提議在艾須伍茲小學成立漫畫俱樂部。」

「喔，」吉老師說：「那個啊。我還沒收到任何回音。我還希望學區委員會不要考慮這件事情呢，可是，看樣子他們放進議程裡了。」數學老師感覺到自己的手開始流汗了。

戴文波校長說：「讓我猜猜看。學生就是葛雷・肯頓和毛拉・蕭，而指導教師就是你，對吧？」

吉老師點點頭。「我本來打算一得到學區委員會的回音就去跟你報告，因為我一點也不想引起……麻煩，沒必要的話就不要。」

戴文波校長聽到他的話，笑了起來。她再度揮揮手裡的紙說：「但現在有必要了，跟我說清楚吧。」

「嗯，」吉老師說：「你知道這兩個孩子都那麼聰明。他們發現是由學區委員會決定可不可以在學校做生意，因為你的公告裡是這麼說的。他們覺得他們的小漫畫書就跟大家每個月從學校閱讀俱樂部裡買的書一樣好，所以他們要為自己爭取權益。我似乎說過我會幫他們。大概就是這樣了。」

戴文波校長還微微笑著。「你說你會幫他們忙？即使你知道我對這件事情的看法如何？」

吉老師說：「我一開始其實也沒有真的答應他們啦，可是當他們跟我說他們想做什麼以後，我就決定繼續參與了。我想試著為學校做最好的考量。」

戴文波校長揚起眉毛說：「你想試著為學校做最好的考量？難道你不覺得我就是在為學校做最好的考量？」

吉老師說：「嗯，不能這麼說啦。」

校長的眉毛揚得更高了。吉老師很不想面對這一刻，但是他知道必須說點什麼。他吞了一口口水繼續說：「我不覺得漫畫書有什麼不好，我是指好的漫畫書。這兩個孩子做的漫畫書並不差，他們真的很有創意。或許應該讓別的孩子也有機會讀一讀。」

戴文波校長點點頭說：「啊……我還不知道你已經變成一個閱讀專家了呢。」

然後是一段很長的尷尬沈默。吉老師差一點無法呼吸，他不敢想像接下來會發生什麼事。然後校長開口了，吉老師完全沒料到校長接下來的反應。

戴文波校長的頭慢慢的從一邊搖到另一邊，然後開始咯咯笑起來。「閱讀專家。」然後她笑開了。

吉老師終於又可以開始呼吸了。

校長說：「好啦，吉諾托波羅老師，我要感謝你身為一位閱讀專家的高瞻遠矚，也要感謝你照顧這兩位年輕的大企業家。我明天晚上會在會場聽你們的報告。誰知道呢？我或許也有話要說，為學校做最好的考量。」

說完，她轉身離開，一路咯咯笑著回到辦公室。

21 錢的問題

星期四下午過得很緩慢，慢得彷彿冰河的流動一般。葛雷又看了看鐘，才過了四分鐘。第五堂課剛開始沒多久，蕾莫老師正在教他們一首新的曲子，她先從女高音教起，然後是女低音，最後才輪到男高音。照這種速度，這一天可以拖長成一個月或兩個月。

今天晚上就要開學區委員會的會議，葛雷簡直等不及了。他急著想站在大人面前發言，一大群大人。他要說明他的案子，或許還會需要爭論一番。這個部分令他很興奮，他等不及想聽聽大家對漫畫俱樂部的看法。

但是，更重要的是，葛雷希望整件事情趕快結束，不管結果如何。他希望趕快結束這一切，好讓他能思考其他的事。因為這一個星期來，他什麼都沒辦法思考，一直在想錢的問題。在這個星期裡，金錢變得愈來愈複雜了。

直到他和毛拉大吵一架，直到和吉老師以及戴文波校長對話之前，葛雷都覺得錢的問題很簡單。事實上，根本沒有任何問題，錢就是錢，錢很棒。賺錢很好，有錢很好，存錢很好，愈多愈好。錢，太簡單了。

葛雷對錢的態度一向低調。在賣〈小胖漫畫〉之前，他是如何賺錢或賺了錢做什麼，都是他自己的事情，與別人無關。

而今天晚上他將站起來公開的告訴大家，為什麼應該允許他在學校賣他的漫畫書賺錢。

還好毛拉會在，吉老師也會在，這很有幫助。但是葛雷知道，他們對錢的態度和他不一樣。他們覺得他有毛病，這麼愛錢，應該是得了金錢上癮症。而今天晚上在場的每個人都這麼想嗎？更糟糕的是，難道他真的是這樣的人？

葛雷想：或許我真的是個貪心的守財奴，或許我真的不在乎別人，只在乎自己。「各位女士，各位先生，歡迎葛雷・肯頓，世界上最自私的小孩。」

葛雷看著薔莫老師。她一遍又一遍的教女高音部唱同樣的十六個音符，微笑、點頭、彈著鋼琴、跟著唱。看起來很辛苦。他心裡想：我知道她賺的錢不多，所有老師都賺得不多。

這讓葛雷想起他和吉老師談到其他工作的那次對話。葛雷知道，如果吉老師去實驗室或工程公司工作的話，會賺很多錢，但是他選擇當數學老師。他還提到他的哥哥，那個薪水很低的醫生，對他而言，夠了就是夠了。

自從那次談話後，葛雷每天至少想到吉老師的廁所理論四次。

三天前，葛雷從晚間新聞裡聽說，世界首富比爾・蓋茲又捐了三億七千五百萬美元提倡非洲教育。他超級有錢，而且常常捐錢。同一段新聞裡，他們也提到有線電視新聞網的總裁泰德・透納捐了十億美元給聯合國，十億美元耶。

不管他走到哪裡，都一直在思考錢的問題，無論在學校、足球場、回家的路上，甚至在廁所裡還在想。葛雷逃都逃不掉。但是如果這個慢得要命的一天馬上結束，如果今晚的學區委員會會議開始了，或許事情就會不一樣。

22 新的生意

星期四晚上九點二十分，葛雷和爸媽一起坐在市政府會議室後排。他偶爾挺直腰桿，試著看清楚那一小群校長來了沒有，因為吉老師說他們會在場。應該是最前面第二排或第三排吧，他很確定自己看到了戴文波校長的後腦勺。

葛雷在折疊椅上動來動去，脖子從一邊轉到另一邊。他坐不住。他穿了藍色西裝外套、一件毛扎扎的灰色長褲、白襯衫、他最好的一雙黑皮鞋，以及跟哥哥羅斯借的紅色領帶。

穿得這麼正式是毛拉的主意。葛雷抱怨過了，可是她堅持要這樣，她說：「什麼？你想要讓自己看起來像一個剛從兒童遊樂場玩回來的小毛頭嗎？」

毛拉坐在離他三張椅子遠的地方。她穿了一套深藍色長褲套裝和一件白襯衫，脖子上有一些皺褶花邊，這是她的商業大亨新打扮，特地為了今晚的場合買的。再來是蕭先生和蕭太太，而坐在這一排另一頭的是葛雷旁邊的吉老師。

葛雷覺得他的數學老師就跟他一樣的坐不住。他們都坐著、等著、動來動去了兩小時。

葛雷在當地有線電視上看過學區委員會的會議，可是都立刻轉台，現在他知道為什麼了。這些人一直說話一直說話一直說話，說到老師的健康保險、新的科學課本、鏟雪、特殊教育經費、州政府發的測驗經費、修理屋頂等等，沒完沒了。

葛雷跟吉老師悄悄說：「政府給學區委員多少薪水啊？」

吉老師舉起右手，把拇指和食指合在一起形成一個圓圈。

葛雷一開始還看不懂，然後小聲說：「沒薪水喔？」

吉老師點點頭。

又來了，世界上所有的人都在乎別人，都是可敬的志工，除了葛雷・肯頓，他既自私又貪心。

葛雷把手上拿的筆記卡片捲起來、打開來、摺起來、咬一咬、扭一扭，上面的黑墨水都變成灰色看不清楚了。無所謂，葛雷已經計畫好要說什麼了。他會第一個發言，因為丟銅板的時候他贏了，他賭人頭，而毛拉輸了。但是到了這個時候，他寧可當初猜錯。

葛雷正要開始第九次複習他的開場白，學區委員會的主席說：

「接下來的新事務是一個提案，關於……艾須伍茲小學的漫畫俱樂部。誰負責發言？」

葛雷跳起來，勉強說出：「我……是我。」

主席指了指。「請到前面來，用麥克風發言。」

毛拉覺得葛雷今晚穿著西裝看起來特別帥氣。他的黑眼圈幾乎完全消失了，她很確定他甚至梳過頭髮。

葛雷走下中央的走道，好好的看了看和其他校長坐在第二排的戴文波校長。她沒有笑容。

葛雷給委員會的五位委員一人一份《獵人重現》和《迷路的獨角獸》。他也給他們一人一張閱讀俱樂部的廣告。

葛雷坐在桌前，對著麥克風。地方有線電視台的女記者開了攝影機，一個紅燈開始對著他閃。葛雷試著對攝影機鏡頭微笑，但是

他的嘴乾到連嘴唇都黏在門牙上了。他的心臟狂跳，讓他覺得好像有隻松鼠在他的襯衫裡跑來跑去。

麥克風很高，葛雷把一條腿收在屁股底下坐著，清清喉嚨，往前傾身，用尖銳的聲音大聲說出第一句話：「我是葛雷‧肯頓，我唸艾須伍茲小學。」葛雷吞了一口口水，逼自己用比較低沈的聲音慢慢說話。「暑假的時候，我開始製作小漫畫書。」他舉起克雷昂漫畫。「這是第一本。九月的時候，我拿了一些去學校賣給同學，一本二十五分錢，大家都很喜歡。我並不知道必須得到學區委員會的許可才能在學校賣東西。是戴文波校長告訴我，我才知道的。所以我來這裡申請許可。」

葛雷舉起一本《迷路的獨角獸》說：「毛拉‧蕭住我家對面，她做了這本漫畫，是我幫她一起做的。我們兩個都想再繼續做。我把它們叫做〈小胖漫畫〉。我們覺得大家都會喜歡這些漫畫……因為讀起來很有意思。小孩子甚至可能會想收集。」

葛雷舉起閱讀俱樂部廣告，他注意到自己的手在發抖。「每個月，我們學校的老師會發這種廣告給學生，多半是說話課或閱讀課的老師。這裡面有各種書，後面是訂單。學生挑選他們想要的書，帶錢去學校買這些書。大家真的很喜歡這些書。所以我們也想做同樣的事情，就是在學校賣我們的漫畫書給同學。」

輪到毛拉站起來的時刻。葛雷僵硬的轉身，指著她。「現在，毛拉・蕭會解釋我們的漫畫俱樂部要怎麼運作。」毛拉走向前台，葛雷站起身，去觀眾席左邊的一張椅子上坐了下來。

如果毛拉覺得緊張，她也沒有露出緊張的神色來。毛拉從手臂下夾著的一個文件夾裡，拿出一小疊薄薄的、釘了釘書針的文件，發給每位委員一份。她走到桌前，輕輕坐在椅子邊緣，把文件放在桌上，對著麥克風說：「晚安。」她對著攝影機，還有每一位委員點頭微笑。

她舉起一份文件說：「請參考我給各位的這份文件的第一頁。這是〈小胖漫畫〉訂閱單的樣本。目前我們只出版了兩本漫畫，葛雷剛剛已經發給各位了。以後每個月還會有新的訂閱單，除非那個月沒有新的漫畫出版。就像一般的閱讀俱樂部，老師可以決定他們要不要成為俱樂部的一員。就像一般的閱讀俱樂部，如果學生訂閱，老師就可以拿到免費的書，放在教室裡。」

毛拉抬頭看著委員們。她說：「請翻到第二頁。」

到目前為止，葛雷對毛拉的表現感到印象深刻。她完全沒有出錯，不發抖，不流口水，幾乎完美的演出。雖然她看起來好像已經二十三歲了。是因為她臉上化了妝嗎？還是說她一興奮，臉就會那麼紅？他以前也看過她這樣。

紙張發出沙沙聲音，毛拉說：「我們的漫畫俱樂部還會做些其他的事。如果我們在學校賣漫畫賺了錢，我們會把收入的一部分捐給學校圖書館買新書，收入的百分之十。」

毛拉翻到第三頁。「我們知道學校還有其他同學也很會寫作和畫畫。我們計畫舉辦課後工作坊，或許可以幫助他們開發創造力。因此，〈小胖漫畫〉可能會有更多漫畫出版，也可能還會有別種形式的書或故事出版。」

毛拉慢慢翻頁，舉起文件，然後戲劇性的停頓一下。她輕輕的前後搖動手中的文件，說：「最後這一頁很重要。一般的閱讀俱樂部都會仔細篩選適合各年齡層兒童閱讀的書，我們也會仔細篩選。

大家都知道，市面上有些漫畫充滿暴力，但是〈小胖漫畫〉不會那樣。我們所賣的書一定會先經由老師過目。吉諾托波羅老師說他願意當我們的顧問之一，林鐸老師也說她願意幫忙。現在，我們的顧問吉諾托波羅老師要說幾句話。」

吉老師走到前面，毛拉讓開，過去跟葛雷一起坐。

吉老師沒有發任何講義。他坐在麥克風前說：「我知道，大家一定覺得葛雷和毛拉的要求很奇怪。一開始我也這麼覺得。」

「各位都知道我教的是數學，我的思考就是數學邏輯思考。我愈看愈覺得葛雷和毛拉的申請很有道理，完全合乎邏輯。閱讀俱樂部可以在學校直接賣書給學生，賣各式各樣的書，有些書裡也包含了卡通和漫畫的角色，所以葛雷和毛拉也想得到同樣的許可。」

「他們非常有創造力，也很有責任感，他們找到一個很有趣的方式來活用他們在學校學到的知識技能，像是閱讀、寫作、繪畫、歷史、科學，當然還有數學。身為一個老師，我們試著教育孩子讓他們做好生活的準備，讓他們畢業後能進入社會成為有用的一員，或是能賺錢對社會經濟有所貢獻。所以，這些孩子正在以他們現有的程度，用一種正面且實際的方式做這些事情，我認為很棒。我完全不覺得這跟學校想要教的技巧和價值有任何衝突。」

吉老師深深吸一口氣，然後說：「我知道有些人認為漫畫不宜兒童閱讀。如果可以的話，我現在要用數學方式證明一下。我剛剛坐在後面數了一下，現場有四十一位成人。我想請大家舉一下手。請問我們之中，有誰在中小學時看過漫畫書的？」

葛雷環顧四周，很快的算出有二十九隻手舉了起來。在那一群校長之中，只有兩個人沒舉手，其中一位就是戴文波校長。

吉老師在紙上記了下來。他說：「請放下。在場百分之七十一的成人看過漫畫書。現在，我們之中，有誰在小時候讀過卡通故事書的，像是史努比、加菲貓或是迪士尼卡通？」除了六個人之外，其他的人都舉起手來。

吉老師又做了筆記，快速的計算一下說：「百分之八十五。」然後吉老師說：「我們之中，有誰在八到十二歲時經常閱讀報章雜誌上的漫畫或卡通的？」百分之一百的手都舉起來了，連戴文波校長也不例外。

吉老師轉身對委員會微笑。「這就是我的證據。很顯然的，漫畫和卡通無法阻止孩子長大成為像我們這種負責任的公民，成為像各位這樣領導學校、領導學區的人、決定如何使用每年幾百萬稅金的人。我相信學生不會受到〈小胖漫畫〉的傷害，反之，我認為他們會得到正面影響。所以我被說服了，就像毛拉說的，我很願意成為教師顧問之一，確保這個俱樂部出版的每一本書都適合學生閱讀。」

吉老師對委員們點頭說：「謝謝。」然後站起身走回位子。

主席把手遮住麥克風，傾身向左，然後傾身向右，跟其他委員耳語。然後她說：「謝謝你，吉諾托波羅老師，也謝謝葛雷和毛拉，感謝你們的發言。投票之前，委員會希望花一點時間考慮這件事。現在很晚了，如果沒有其他的發言，我們就繼續討論最後一項新事務，關於高中午餐的承包合約。」

葛雷看到主席的眼睛往觀眾席掃視。葛雷發現她的目光停了下來，表情變了，她準備要叫某個人了。顯然有人想要繼續討論〈小胖漫畫〉俱樂部。

看都沒看，葛雷就知道是誰想發言。他猜對了。是戴文波校長。

23 學校的最佳利益

戴文波校長站起身，走到前面。葛雷無法相信她看起來個子那麼小。現在看到她在滿是大人的房間裡走動，個子好像只有在學校的一半大而已。

但是當她開始說話之後，戴文波校長似乎又比一般人都高大，就像平常一樣。她對葛雷和毛拉點點頭說：「聽到我的學生發言如此清楚明瞭，真是令人高興。我也很高興聽到我的同事吉諾托波羅老師的發言。他和我已經同事十二年了，我很敬重他的才華和教學

熱情，但是我覺得我必須針對他的發言做一些補充。」

「我小時候沒看過漫畫書，我的哥哥姊姊也沒有，因為我們家禁止看漫畫書。但我們有很多書可以讀，真正的圖畫書、文字書和小說。我母親認為漫畫書是『便宜的垃圾』，這是她用的字眼。我們開車長途旅行時，她會唸書給我們聽，像是《湯姆歷險記》、《夏綠蒂的網》或是《海角一樂園》，很多很多很棒的書。」

「我們家也不准我們看星期六早上的卡通，那時候，我覺得這些規定很不公平。可是上了大學後，我相信不看漫畫也不看電視卡通的童年會更好、更豐富，而不是更貧乏。過去十八年來，身為一位小學校長，我努力讓我們圖書館和教室擁有最高的閱讀水準。」

「但是，在我繼續說下去之前，我必須先承認一件事情。昨天傍晚我從學校回到家，發現有個包裹等著我。我不知道是誰送來的，因為沒有寫寄信人資料，也沒有回信住址。我打開包裹，看到一張紙條寫著：『請看一看。』而紙條下面就是這個。」

戴文波校長走回自己座位，彎腰從紙箱裡拿出一小疊漫畫書。站在走道上，她面對觀眾說：「整個箱子裡大約有二、三十本漫畫書。我先生高興極了，因為他小時候看過這些漫畫。他鼓勵我也看一下，我昨晚在家看了生平的第一本漫畫書。而我必須承認，我很喜歡。」

「請不要誤會。沒有任何事情可以讓我認為《三超人歷險》或《火山谷的唐老鴨》是偉大的兒童文學。但是我可以同意，好的漫畫書很有趣，而且基本上是無害的，就像吉諾托波羅老師說的。」

葛雷幾乎要從椅子上飄起來了。他用手肘輕輕推一下毛拉，小聲的說：「太好了！」

但是校長還沒說完。

戴文波校長走回麥克風，停頓了一下，看著委員們的臉。「但是，我認為我們必須好好想想學校裡可以賣什麼給學生，尤其是學生賣東西給學生。如果下個星期，另一個學生決定要在上學和放學時，在校車旁邊擺攤賣她做的娃娃呢？你也要給她許可嗎？如果一個男孩決定把他收集的棒球卡拿到學校來，趁著下課時間賣呢？試著想像一下，小孩子會想到各種可以賣的各種東西。我們要讓學校變成一個大型跳蚤市場嗎？如果我們允許這個提案，以後要如何拒絕其他的提案？身為校長，我必須讓我的學校是一個學習的地方，而不是一個買賣的場所。」

葛雷看看四周。很多人都同意戴文波校長剛剛說的話。

吉老師舉起手來。主席對他點點頭，他站起身發言說：「我同意戴文波校長說的每一句話。學校不應該變成只顧著買賣的地方，但是學校確實有在做買賣，這是事實。我們無法假裝沒有。學校應該讓孩子準備好，將來才能擁有快樂成功的人生。我們的學校系統有一個重要的目標，那就是讓畢業生擁有某種可以貢獻社會的才能，擁有將來別人會僱用的技巧、才華與能力。數學老師靠著教數學賺錢，校長靠著管理學校賺錢，我們都希望看到我們的學生有一天會靠著他們的才能賺錢。所以，讓孩子有機會學習金錢、經濟、收益、百分比這些概念並沒有什麼不好。事實上，我們如果不教他們這些東西，那才更糟糕。這也就是為什麼我們會有關於經濟和消費教育的課程設計。」

「葛雷和毛拉提供機會，讓其他孩子享受閱讀的樂趣，就像閱讀俱樂部一樣。他們的漫畫還可以做得更多，因為他們的漫畫可以

鼓勵其他學生寫作畫畫。一般的閱讀俱樂部確實為教育提供了很好的服務和支持，所以可以在學校賣書，還可以賺錢。大家都同意，提供好的內容和服務應該得到報酬。這兩個孩子只不過是要求同樣的待遇，而且他們還答應把收入的一部分捐出來給學校的圖書館，別的閱讀俱樂部都沒有這樣做。」

戴文波校長搖頭。「我對於在學校賣東西還是有疑慮。」

「可是現在學校就是這樣啊。」吉老師說。他轉身面對葛雷和毛拉。「你們發現在艾須伍茲小學，有多少公司在賣各種東西？」

葛雷說：「很多。」

毛拉點頭，伸出手指開始算。「餐廳有達美樂披薩的布條，還有美味牌果汁販賣機和洋芋片販賣機，體育館門口有運動飲料販賣機，球場記分台上有可口可樂廣告，所有的社會課本都用耐吉球鞋的書套包裝，體育館有糖果公司的募款海報，所有的體育用品上面都有威爾森、斯伯丁和愛迪達的商標，學校每間教室的時鐘上都有蘋果電腦的商標。」

葛雷說：「還有，學校圖書館雜誌的各種廣告多到數不清，所有的運動書籍都在幫各大球隊打廣告。有時候，學校的晨間廣播會宣佈放學後有募款義賣，或是高中在星期六有募款的洗車服務。每次上體育課，凱利老師穿的藍色運動服上都有冠軍體育用品公司的商標。幾乎每個電腦上都有蘋果商標，更別說學校福利社賣的東西了，還有閱讀俱樂部。」

吉老師轉身面對委員會說：「我不喜歡把兒童當作行銷目標，我相信你們也都不喜歡，但是我們必須面對現實。兒童商品是很大的工業，我們必須讓孩子了解這一點，然後他們才能做出好的決定。我做了一些研究，你知道從幼稚園到六年級的美國小孩每年會花多少零用錢嗎？一百三十億美金，一百三十億的零用錢，而這個數字還在成長之中。」

葛雷嚇呆了。一百三十億美金！

一個星期前，葛雷會非常喜愛這個數字。他會讓這個數字慢慢的滲進腦袋裡。他會讓自己做做白日夢，幻想著把那一百三十億美金搶一些過來。但是今天晚上，這個數字給他的感覺不同了。

葛雷忽然看出來，他偉大的〈小胖漫畫〉計畫就只是一小粒灰塵，是金錢和商品、是買和賣的大旋渦中的一顆小小的原子。

美國小孩去年花了一百三十億美金，而那裡頭也有一些我花的錢。葛雷有記帳的習慣，他知道自己去年花了四百多塊私房錢，其中最大一筆是用來買iPod。他想著：因為我是行銷目標，我，以及美國的每個小孩都是，就像吉老師說的。

坐在會議室裡，葛雷明白自己也把學校的同學視為行銷對象。他是獵人，同學就是獵物。而他今天晚上跟學區委員會要求的是什麼？一張狩獵執照。他需要他們的許可，才能把他的漫畫書瞄準學校裡的每一個學生。

為了什麼？是要幫同學提升閱讀能力嗎？或是引發他們對寫作或畫畫的興趣？都不是。貪心的葛雷想要賣〈小胖漫畫〉賺錢。

吉老師還在說話。

「我很高興葛雷和毛拉今天晚上在場。能夠讓他們看到學校裡的每件事情都要經過這麼慎重的討論過程，我感到很驕傲。我希望他們明白這不是關於『我們和戴文波校長之間的對立』，因為事情並不是這樣。我們所希望的是同樣的東西，那就是學校的最佳利益以及每個學生的最佳利益。」

葛雷看看戴文波校長，她正在點頭。葛雷感覺自己也在點頭。

吉老師說：「葛雷和毛拉的這個點子，不是從洛杉磯或明尼納坡里或紐約來的商業行銷計畫，這是本地出產的，所以我覺得他們應該得到我們的支持。不論學區委員會最後怎麼決定，我都能夠接受，葛雷和毛拉也都能夠接受，只要戴文波校長也覺得可以接受的話。因為在這件事情上，我們是同一個合作團隊。」

吉老師坐下，戴文波校長說：「我要感謝吉諾托波羅老師在這件事情上的合作邀請，我接受他的邀請。我們會等待委員會的最後決定。」

戴文波校長站起來走向她的位子，毛拉站起來往房間後面走。

葛雷想跟上去，但是停了下來。他轉身再度面對委員會。

「我可以再說幾句話嗎？」他問。

主席對他點頭，葛雷走到麥克風前。他不確定自己要說什麼。可是他知道一件事，所以就先說了。他吞了一口口水說：「如果可以的話，我想改變主意。」葛雷感到整個房間變得異常安靜。

主席眨眨眼睛，從眼鏡上方看著他。「你是指漫畫俱樂部？改變主意？現在？」

葛雷又吞了一口口水說：「嗯……我是說，對，因為戴文波校長說得對。如果我和毛拉得到特殊許可在學校賣漫畫，可是其他小孩不能賣他們做的東西，這樣不公平。」

一位委員說：「那你現在的建議是什麼？」

葛雷說：「呃……我想……其實……應該有個更好的辦法……如果我們……」

葛雷聽到自己結結巴巴，言不及義的拖延時間。他知道為什麼，因為他其實沒有想到什麼好主意，可是他覺得應該有所改變。他也知道，時機就是現在。

他身後有個聲音說：「我想葛雷想說的是，學校福利社可能是解決的方式。」葛雷轉身，是吉老師。

葛雷慢慢的點頭，然後快速轉身面對委員會。他很興奮的說：「嗯，對，就是這樣。學校福利社。」他邊講邊思考說：「因為我們已經有了福利社，在學校裡，在學校餐廳裡。除了……除了文具之外，我們也可以在那邊賣我們的漫畫。還有……其他的同學也可以在那邊賣東西。很多人有好的點子，而福利社可以像一家店，真正的店。除了……在福利社賣東西的小孩都必須付……百分之五十，賺來的錢要捐一半出去，好做一些對學校有益的事。這樣一來，就是一半為了賺錢，一半為了學習。這……這就是我的想法，如果可行的話。」

然後，葛雷站起來，轉身走回位子。經過校長身邊時，他看了看她的臉。她在微笑，他也對她微笑。然後她說：「等一下，葛雷。」她彎下身子，拿起一個小紙箱給他，是那些舊漫畫書。「我已經不需要了。」

葛雷漲紅了臉，想開口說話，但是這時主席已經在叫下一位發言者了。葛雷給校長一個尷尬的微笑，接過紙箱，快快回到座位。

戴文波校長坐下來時，忍不住想：真是個了不起的孩子，我真是為他感到驕傲。

當葛雷把紙箱放在膝上坐下來時，忍不住的想：哇，一百三十億美金！

24 成功

學區委員會的會議又開了十五分鐘才結束。會議結束後，肯頓家的人、蕭家的人和吉老師一起走到停車場。蕭太太說：「我們大家一起到二十五號公路餐廳吃些冰淇淋慶祝吧？我請客。」

吉老師在他的車子旁停下來，拿出鑰匙說：「謝謝，心領了，我得趕快回家。」

「可是我們其他人還是可以去，對不對？」葛雷說。

他的爸爸說：「如果吉諾托波羅老師沒辦法去，那我們最好也心領了。」他伸出手跟吉老師握手。「你剛剛的表現太棒了。」

吉老師微笑，謙虛的搖搖頭。他對著葛雷和毛拉點頭說：「要恭喜的是這兩位。我真的很喜歡葛雷剛剛提議學校福利社的構想。我想委員會也喜歡，可是還得要看戴文波校長那一關。」

毛拉說：「可是你也聽到了啊，她現在喜歡漫畫了。」她指著葛雷手上拿的紙箱說：「拿這些去她家給她看？真是天才！」

葛雷微笑說：「是啦，可是……」

毛拉搶著說：「不，真的，這是個偉大的點子。因為如果她沒有看過，如果她就站起來尖叫大罵，說漫畫書有多麼糟糕……」

葛雷搖頭說：「是啦，可是……」

「我是說真的，」毛拉說：「那真是最棒的點子了，除了你說要捐給學校一半收入那部分。我提議我們還是去吃冰淇淋，葛雷可以吃雙份，甚至可以吃個香蕉船，因為他……」

葛雷幾乎是大喊著說：「你可以不可以安靜一秒鐘？」

吉老師打開後車廂。「葛雷想說的是，那些漫畫不是他的。」

他從葛雷手上把紙箱拿走，放進車廂裡。「我昨天放學後開車回老家，在閣樓裡找了半天，才找到我以前的舊漫畫書，有兩大箱喔。在回家的路上我決定特別繞過去送貨。我很確定戴文波校長會喜歡我看的漫畫書，因為裡面都沒有出現那些紅紅的東西。」他關上車廂門，對大家微笑。「可是不能說出去喔，好嗎？戴文波校長已經覺得我夠瘋狂了。」

三天後，學區委員會宣佈投票結果。毫無意外，葛雷・肯頓和毛拉・蕭得到許可，可以在學校重新整頓過的福利社賣他們的〈小胖漫畫〉，但條件是各種相關細節都必須經過戴文波校長同意。

在校長室熱烈討論之後，也毫無意外的，一個實際可行的福利社商業計畫成形了。大家同意試辦兩個月。戴文波校長甚至同意擔任商品審核委員會的一員。

吉老師協助建立學校福利社的會計系統，葛雷和毛拉在銀行用〈小胖漫畫〉的名義開了戶頭。

葛雷和毛拉遵守諾言，舉辦了課後工作坊教同學製作迷你漫畫書和迷你圖畫書。而且很快的，他們又多了一項挑戰——當編輯。他們要選擇接受哪個故事，拒絕哪個故事，況且，他們放學以後還要在學校餐廳角落協助成立新的福利社。

事情並不是永遠很好玩，有時候工作很辛苦，但是很快的，他們走過了一個又一個的里程碑。

●十月中旬，重整過的學校福利社開張。有文學區、美術區、手工藝區、二手CD區、收集品區，以及一般文具區。〈小胖漫畫〉的架子是葛雷做的，毛拉負責油漆。

●第一個月，商品審核委員會收到十二項新產品的銷售申請，批准了其中五項。

●十一月中旬，城裡的三家小學，還有國中和高中都根據艾須伍茲小學的模式重新組織他們的學校福利社，或是開始設立新的福利社。每一個福利社裡的〈小胖漫畫〉銷售架都很受學生歡迎。

●〈小胖漫畫〉十一月的銷售量非常驚人。《獵人重現》賣出四百三十六本，《迷路的獨角獸》賣出四百二十四本。工作人員必須從下午做到晚上，還花了整個週末加班趕印。

- 接近十一月底，〈小胖漫畫〉拿部分初期收益買了一個電動釘書機和一台好的裁紙機，改善裝釘和裁切的速度和品質。
- 十二月，〈小胖漫畫〉架上除了原有的兩本，還多了三本新出版的漫畫。其中兩本是葛雷和毛拉做的《克雷昂—強者生存》和《公主的惡夢》，第三本是泰德．肯鐸寫的科學幻想故事，由毛拉繪圖，葛雷上墨，書名叫做《火星的喇叭》。
- 十二月，毛拉開始畫一系列新的迷你漫畫，主角是一位電腦天才女偵探，名叫海克西．史拜克強。頭兩本造成轟動，整個學年下來總共又出了四本海克西的故事。
- 耶誕節前後，另一位六年級同學協助葛雷和毛拉架設〈小胖漫畫〉的網站，站內有這個公司的介紹，並且收集書迷的電子信箱資料，開始了網路上的書迷俱樂部。

● 一月，〈小胖漫畫〉出版了第一本知識類迷你漫畫書，叫做《畢達哥拉斯與黃金比例》，作者是安東尼・吉諾托波羅，由毛拉繪圖，葛雷上墨。這本書的銷路不太好。

● 二月，〈小胖漫畫〉的網站每週達到一千一百次的點閱率。

● 四月，〈小胖漫畫〉的每月電子報訂戶達兩千三百人，第一筆網路購物的書寄出。在城裡各學校的銷售點，〈小胖漫畫〉銷售量持續上揚。

● 五月，〈小胖漫畫〉的收藏家開始在網路上喊價，徵求書況良好的〈小胖漫畫〉第一部第一冊。

● 六月，吉老師獲得許可在社區大學開課。他設計了一門課，名稱叫做「如何將商業點子化為實際行動」。

● 經營過程有時順利，有時挫折。無論如何，這一年真是忙碌

F
7181

不堪，但是毛拉和葛雷的平均成績還是都在B^+和A^-之間，兩個人打成平手，或者說，幾乎平手。

- 葛雷和毛拉的合作關係熬過了五次對藝術創作的不同意見、四次激烈爭吵、兩次因為互不相讓而去找吉老師評斷、還有一次很尷尬的試圖手牽手。
- 六月下旬，葛雷和他爸爸接到電話，是一間很大的閱讀俱樂部公司裡的一位女士打來的。她想知道葛雷有沒有興趣考慮向全國行銷〈小胖漫畫〉。在跟其他成員討論過後，葛雷決定接受提議。
- 學年最後一天的全校朝會上，葛雷、毛拉和吉老師在講台上交給戴文波校長一張支票，上面寫著一千四百二十一美元，這是所有在學校福利社賣過東西的學生給艾須伍茲小學圖書館的捐款。

●捐款中有九百二十三元又三十八分錢是來自〈小胖漫畫〉。葛雷・肯頓無法相信，捐錢的感覺竟然是那麼的棒。

國家圖書館出版品預行編目資料

午餐錢大計畫 / 安德魯 · 克萊門斯（Andrew Clements）文；丁凡譯 .-- 三版 . -- 臺北市：遠流出版事業股份有限公司 , 2022.10
面；　公分 . --（安德魯 · 克萊門斯；4）
譯自：Lunch money
ISBN 978-957-32-9715-4（平裝）

874.59　　111012582

安德魯 · 克萊門斯❹

午餐錢大計畫
Lunch Money

文／安德魯 · 克萊門斯　譯／丁凡　圖／唐唐

執行編輯／林孜懃　內頁設計／丘鋭致　出版一部總編輯暨總監／王明雪

發行人／王榮文
出版發行／遠流出版事業股份有限公司　臺北市中山北路1段11號13樓
電話：(02)2571-0297　傳真：(02)2571-0197　郵撥：0189456-1
著作權顧問／蕭雄淋律師
輸出印刷／中原造像股份有限公司
□2009年1月1日　初版一刷　　□2024年8月15日　三版二刷

定價／新臺幣300元（缺頁或破損的書，請寄回更換）

ISBN 978-957-32-9715-4
遠流博識網 http://www.ylib.com　E-mail:ylib@ylib.com
遠流粉絲團 http://www.facebook.com/ylibfans